二見文庫

人妻の香り

睦月影郎

目次

人妻の香り

第一章　人妻の下着

1

「鉄夫《てつお》さん。ちょっと椅子、押さえていてね」

美沙子《みさこ》に言われ、鉄夫は書斎に入った。

ここは美沙子の夫、修一《しゅういち》の書斎で、今夜から鉄夫はこの部屋に寝泊まりすることになるのだ。

それで、美沙子が書斎を片付け、何とか鉄夫の寝る場所を作っているのである。

(それにしても、狭い……。大丈夫なんだろうか。僕なんかが居候して……)

鉄夫は思った。

まあ、今まで田舎に住んでいた屋敷が大きすぎたのだ。旧家で、使っていない部屋数も多く、庭もサッカーができるほど広かった。

それにひきかえ、ここ、新宿区内にあるマンションは3LDK。五階だから眺めはいいが、ビル街を見ていてもちっとも心は安まらない。

リビングに夫婦の寝室、修一の書斎。そして、もう一部屋では美沙子がピアノを教えていた。

それで、六畳の書斎を片付けて、布団を運んでいたのだ。

石部《いしべ》鉄夫は十六歳。この一月下旬の本日、A県にある田舎の村から東京に来たばかりだった。

学者の父親が急きょアメリカに行くことになり、母親もついていってしまった。それで鉄夫一人、父の従弟である片岡《かたおか》修一を訪ね、厄介になることにしたのだった。

鉄夫にとっては、アメリカも東京も、未知の世界という点では同じだった。まあ、どうせなら同じ日本の方がよいということで、東京を選んだのである。それから実はもう一つ、東京に来た目的があるのだったが……。

片岡修一は、これから鉄夫が編入する高校の国語教師。

昔、鉄夫の父親にいろいろ世話になったということで恩義を感じているのだろう。実に快く、同居を承諾してくれた。

結婚二年目になるようだが夫婦に子はなく、修一が三十五歳。妻の美沙子が二十八歳だった。

鉄夫にとっては、息が詰まりそうに狭い大都会のマンションだが、唯一、来てよかったと思うことがあった。

それが、目の前にいる美沙子である。

こんなに美しい人を、鉄夫は初めて見た思いだった。

ツヤツヤと輝くセミロングの黒髪、知的に整った顔立ちは、まるで女神さまのようだ。スラリと通った鼻筋が、一見冷たそうな印象を与えるが、頬の笑窪《えくぼ》がそれをカバーしている。

肌は透けるように白く滑らかで、今にもブラウスのホックを弾きそうな巨乳。

小柄な鉄夫より目一つ背が高く、慈愛の眼差しが優しくて、近くに寄るだけで花畑のようないい香りが感じられた。

結婚前は小学校の先生をしていたという。

その美沙子も、少しも嫌な顔をせず、鉄夫の同居を大歓迎してくれたのだ。

「いい？　しっかり押さえててね」

「僕がやります」

「いいのよ、すぐだから」

美沙子は本を入れた段ボールを、本棚の上に押し上げていた。

鉄夫は椅子を押さえながら、すぐ間近にある美沙子の脚に見惚れた。

ロングスカートで、中はストッキングも着けないナマ脚だ。足首がキュッと細く、ふくらはぎの白さと柔らかそうな曲線が何とも言えない。

美沙子が段ボールを抱えて力を入れるたび、ふくらはぎがキュッと緊張し、スカートが揺らいで生ぬるい風が顔を撫ぜた。

(こ、このスカートの中に、ワレメがあるのだ。クリトリスがあるのだ。肛門があるのだ。こんな、手の届く近くに！)

鉄夫はムラムラと興奮してきてしまった。

もちろん童貞で、キス体験すらない。しかしオナニーだけは、日に二、三回は必ず行なっていた。

椅子を押さえているから、風ばかりでなく何度か裾がヒラヒラと触れて鼻をくすぐってきた。

ふくらはぎも、少し顔を寄せればキスできるほどの近さだ。

見上げれば、美沙子は両手を上げて段ボールを積み重ねていた。

巨乳が強調され、胸元のほんのりした甘い匂いまでが感じられた。

こんな下から、美人の顔を見上げるのも初めてだ。

美人にも、ちゃんと二つの鼻の穴があるんだなと、当たり前のことにも感心してしまった。

ようやく美沙子は作業を終え、椅子から降りようとした。

「きゃっ……！」

と、そのとき、バランスを崩した美沙子が倒れかかってきた。

鉄夫は両手で彼女を抱きとめた。チビだが、ズングリで筋肉質、野山で遊んでいたから力もある。

難なく横抱きにすると、

「ああ、びっくりした……。力、あるのね」

美沙子の顔が、意外なほど近くにあり、彼女はほっとしたように言った。

鉄夫は彼女の体重を両腕に受け、肌の丸みと弾力を感じ、ほんのりした甘い汗の匂いと、湿り気ある吐息まで吸い込んでしまい、危うくヘナヘナと力が抜けそうになってしまった。

何とか、倒れた椅子を避けて移動し、美沙子を足から降ろした。

そして二人して書斎を片付け、ようやく鉄夫の部屋が出来上がった。

2

「おお、来たか。どうだい、東京は」

夕方、早めに修一が帰宅してきた。

国語教師だが柔道三段。クラブの顧問をし、百キロ近い大男である。

彼も、鉄夫と同じ村の出身で、何度か家にも遊びにきていたから鉄夫はよく識《し》っている。

「はあ、人とビルばっかりで驚いてます。でも、早く慣れようと思うので、よろしくお願いします」

「ああ、堅苦しいことは抜きにしよう。美沙子も一人っ子だからな、まるで弟ができたように喜んでいるんだ。自分の家だと思って気楽にな」

修一は気さくに言い、先に風呂に入っていった。

美沙子の手料理は旨かった。

しかし風呂とトイレが狭いのは如何ともしがたい。バスタブは、まるで屈曲で入る棺桶みたいだ。それに洋式トイレは生まれて初めてだったし、ウォシュレットも、肛門への刺激に最初は悲鳴を上げたほどだ。

それでも、あの美沙子が座る同じ便座にお尻を当てるのは、何やらモヤモヤと奇妙な感覚を生んでしまった。

実は鉄夫は、小学校の一泊の修学旅行以外、全く村から出たことがなかった。中学の修学旅行は、運悪く盲腸で入院中だったし、夏休みなどでも都会には出てきたことがなかったのだ。

こんなコンクリートの箱に住み、隣の住人とも顔を合わせない生活で、みんな息苦しくないのだろうかと思う。

やがて夜、鉄夫は夫婦の邪魔をしてはいけないと思い、早めに書斎である自室に戻った。

六畳の窓際には修一の机があり、これが鉄夫の勉強机となる。修一は今後、リビングのテーブルで授業の準備をやることになるようだ。

他、本棚が所狭しと両側の壁に五つ六つ並び、あとは布団を敷くスペースがあるだけとなっていた。

鉄夫の荷物は、学用品と着替えだけ、とわずかなものだった。村の屋敷も引き払ったわけではなく、ほとんどの私物は置いてきたままだ。親戚の人が、たまに掃除に行ってくれるらしい。

（東京、最初の夜か……）

鉄夫は布団に仰向けになり、暗い部屋で、のしかかってきそうな左右の本棚を眺めた。

鉄夫も読書好きだから、当分は退屈しないですみそうだ。

しかし窓の外からは車の音や人の声が聞こえ、たまに響くサイレンの音でなかなか寝つかれなかった。

夫婦も、もう寝室に引っ込んで寝てしまったようだ。

オナニーしようと思うと、どうしても美沙子の面影が浮かんだ。

そのうちに我慢できなくなって、こっそり部屋を出てトイレに立ち、横の脱衣室にある籠から、美沙子の下着を拝借してきてしまった。

我ながら初日から大胆だとは思うが、さっき風呂に入ったとき目星を付け、絶対にバレないという確信を持っていたのだ。

部屋に戻って、興奮に震える手でショーツを広げた。

純白で、なんの柄も飾りもない。もちろん美沙子が今日はいていたもので、まだ温もりさえ感じられるようだった。

裏返して、股間の当たる部分をシゲシゲと観察したが、特に目立った汚れはない。わずかにクイコミの縦ジワと、うっすらとしたレモン水一滴ほどのシミがようやく認められる程度だ。

まだ鉄夫は、女性器がどのようになっているか見たことはない。田舎には裏本も裏ビデオもなく、村に一軒だけある雑貨屋の片隅にあった、わずかな週刊誌や文庫本だけがオナニー資料だったのだ。

(このあたりにクリトリスが当たって、肛門はこの辺かな……?)

それでも鉄夫は、ショーツの舟底を裏側から観察し、美沙子の性器をあれこれ想像した。

ペニスは指で触れなくても、今にも暴発しそうにヒクヒクと震えていた。

鉄夫はとうとう、裏側の中心部に鼻を押し当ててしまった。

「……」

深呼吸し、繊維の隅々に染み込んだ美人妻の体臭を胸いっぱいに吸い込んだ。

なんていい匂いなんだろう。

単に、汗とオシッコと、女性特有の分泌物などがミックスされた、人工物の混じらないナマの匂いなのだろうが、それがどうしてこんな芳香になってしまうのか不思議だった。

甘い、あるいは甘酸っぱい、ミルクのようなチーズのような、あるいは磯の香りにも似て、さらに日向の草の匂いのような、何とも形容しがたく、そして胸の底をゾクゾクと揺さぶってくる妖しさがある。

(うわーっ、こんないい匂いを修一おじさんは、叱られることもなく好きなだけ嗅げるんだ……)

修一が羨《うらや》ましくて仕方がなかった。

鉄夫は何度も何度も嗅ぎ、ペニスをしごいた。もちろん布団を汚さないよう、亀頭にはティッシュが巻いてある。

本当は、ラストで美沙子のショーツの内側に射精したかったが、いかにこれから洗濯するものでも、いつもと違うシミが気づかれるかもしれない。

やがて鉄夫は、まるで美沙子自身の股間に顔を埋めているかのようなショーツの匂いと、昼間感じた彼女の体重、汗や吐息の匂いを思い出し、激しい快感に貫かれてしまった。

それは、今までのオナニーとは段違いに心地よかった。

何しろ今までは週刊誌のグラビアを見るか、分校の数少ない女の子を思うしかなかったのだ。

都会の美人妻の、しかもナマの匂いに接することができ、快感は後から後から突き上がってきた。勢いよく噴出する大量のザーメンは、ティッシュを突き破るように溢れて指まで濡らした。

ようやく快感が去り、うっとりとショーツを嗅ぎながら余韻に浸ってから、鉄夫はノロノロと後始末にかかった。

もちろん、ひょっとしてまだ寝室の方では起きているかもしれない。さっきトイレに立ち、すぐまた行くのは不自然だ。

やはり明け方くらいまで待つべきだろう。

ザーメンまみれのティッシュも、部屋のクズ籠に捨てたら、美沙子が勝手に掃除してしまうかもしれない。これも一緒にトイレに流した方がいい。

(そうだ、僕の下着の洗濯も奥さんにしてもらうんだから、夢精なんかしないように気をつけなければ。ティッシュは明け方にトイレに捨てればいいだろう……)

鉄夫はあれこれ思いながら、やがて眠り込んでしまった。

3

「鉄夫さん。そろそろ起きて」

カーテンが開けられ、鉄夫の鼻先を美沙子のスカートの風が撫ぜた。

「うわ……、お、お早ようございます」

寝過ごしてしまったが、さいわいショーツとティッシュは布団の中だ。美沙子には気づかれないですんだようだ。

それらをパジャマの中に隠し、すぐにトイレに行き、ティッシュを流し、ショーツももとどおり脱衣籠の奥の方に戻した。

こちらもさいわい、昨夜のままで、まだ美沙子は洗濯をはじめていなかった。

まあ専業主婦なので時間はある。修一や鉄夫を送りだしてから、ゆっくり洗濯するのだろう。

「よく眠れたかい?」

「ええ、もうぐっすり」

「そうか。ま、長旅で疲れてたんだろう」

修一と朝食をとり、やがて二人で一緒に登校した。

学校は、新宿区内の私立花園《はなぞの》高校。

都会の真ん中にあり、グランドは狭く形ばかりのもので、屋上のスペースもテニスコートなどに利用されていた。

体育祭などは、近所の施設を借りて行なうようだった。

ま、どちらにしろスポーツなどは盛んではない。都会の過疎化が進み、生徒数も少なかった。

修一は担任ではないから、鉄夫は一年生の学年主任と担任に紹介され、職員室で別れた。

やがてクラスに連れていかれ、自己紹介。

しかし、田舎からの転校生に、生徒たちはあまり関心を示さなかった。

制服を着ている者もいれば、私服のジャンパー姿もいる。髪型もまちまちで、鉄夫が驚くほどカラフルに染められていたり、やけに化粧の濃い女の子やピアスをしている生徒までいた。

結局、一日じゅう鉄夫は誰からも話しかけられなかったし、教師から授業中に指名されることもなかった。

（みんな、まだ正月ボケなのかな……）

そう思ったほど、教師にも生徒にも活気がなかった。教師は、生徒が聞いていようがいまいが勝手にしゃべり、勝手に出ていくだけである。

田舎だったら、私語の一つで黒板拭きが飛んできたし、休み時間になれば生徒はみな校庭に出て暴れ回っていたものだ。

それがここでは、各自がプレイヤーで音楽を聴いたり、小型のゲームに熱中したりしているだけ。読書はマンガだけのようだった。

やがて鉄夫は修一に声はかけず、一人で帰宅した。

とにかく、こうした生活が繰り返されるのだ。慣れるしかなかった。

美沙子が買物に出ると、留守番している鉄夫はこっそり、夫婦の寝室に侵入してしまった。

部屋が狭いのでダブルベッドだ。

どちらが美沙子の枕か判らないので嗅ぐのは控え、口紅とヘアブラシだけ、そっと嗅いだり舐めたりしてしまった。寝室のクズ籠も、掃除されたばかりで空。大した収穫もなかったが、それでも口紅とヘアブラシの香りに、すっかり若々しいペニスが最大限に突っ張ってしまった。

さらに洗面所に行き、美沙子のピンクの歯ブラシを嗅いだり舐めたりし、ベランダに干されている美沙子のショーツやブラなどをシゲシゲと眺めたりした。

できるのは、それぐらいだった。

オナニーは、やはり昼間はためらいがあり、寝る前の楽しみに取っておくことにした。

そして数日が過ぎ、ある日のこと、修一が名古屋での研修のため、一泊の予定で出かけることになった。

(ふ、二人きりだあ……)

鉄夫はときめいたが、もちろん何ができるわけでもない。

いつものように食事し、入浴して部屋に戻っていくだけだった。

だが、その夜。鉄夫が布団に入ってオナニーを始めようとした時、

「鉄夫さん。悪いけど、ちょっと来て」

美沙子に呼ばれたのだった。

行くと、美沙子は寝室で、もうネグリジェ姿になっていた。しかも灯りも消され、枕元のスタンドが薄明るく点いているだけだ。

「おなかが痛いの。少しでいいから、さすってくれない?」

「は、はあ……。でも、救急車は……？」

鉄夫は驚いて言った。

「いいの、いつものことだから、すぐ治るわ」

言われて、鉄夫は恐る恐るベッドに近づき、横になった美沙子に迫った。

「寒いでしょう？　お布団に入って」

「え、ええ……」

ためらいがちに添い寝すると、すぐに美沙子が布団をかけ、鉄夫に腕枕して身体をくっつけてきた。

美人妻の、熟れた甘い匂いがする。

シーツも枕カバーも替えたばかりなのだろう。男の匂いは感じられなかった。

「どこ……？」

「ここよ……」

美沙子が鉄夫の手を握り、ネグリジェの裾から内部へ導いていった。

スベスベした滑らかな肌に手のひらが触れ、おヘソも分かった。

様子を探るように押して圧迫すると、肌の張りと弾力が伝わってきた。

この中に、グネグネした腸があるなんて信じられない。女神さまの構造は、一体どうなっているんだろうかと思った。

「強く押さなくていいわ。優しく撫ぜて……」

美沙子が仰向けのまま、囁くように言った。

彼女は右手だけ伸ばし、鉄夫に腕枕している。鉄夫は完全に彼女の方を向いて、右手でそろそろと肌を撫ぜていた。

(まさか、誘っているんだろうか……。とても、本当におなかが痛いとは思えないし……)

鉄夫はムラムラと興奮していたが、決して自分から手を出すことはできなかった。万が一ということがある。また、本当に腹痛で苦しみ、人に撫ぜられると治るというのもあるかもしれなかった。まして今夜は、亭主がいないのである。

徐々に布団の中に熱気が籠もりはじめた。

腕枕されているため、鉄夫の体はほとんど布団の中に潜っている。美沙子の腋の下からは、ほんのりと湯上がりの匂いが感じられていた。

「もっと下よ……」

美沙子が言う。

彼女は規則正しい呼吸を繰り返しているが、たまに、声を押さえるように息を詰めていた。それが、痛みをこらえているからなのか、興奮が高まっているのか、何ともよく判らなかった。

「こ、このへん……？」

鉄夫は、おへソより少し下に手のひらを移動させた。

「もっとよ、ずうっと下げていって……」

言われるまま、そろそろと下降させていくが、おへソから下の滑らかな肌がやけに長い。

そして鉄夫は、ようやく気づいてドキリとした。

（し、下着を、はいていないんだ……！）

下腹部を探っていくと、とうとう指先に柔らかな茂みが触れてきた。

「もっと下……」

美沙子の呼吸は、いつしか喘ぎに近くなっていた。

（こんなこと、いいんだろうか……）

鉄夫は、これが夢か現実かさえ分からなくなってきた。

それでもノロノロと、手のひらで茂みをシャリシャリとこするように動かし、中指をさらに下へと滑らせていった。

中指は、完全に丘を滑り下り、美沙子の股間の真下に達した。と、中心部を探ろうとして指を押しつけると、熱く柔らかなヌカルミにズブッと沈み込んでしまった。

「あん……！」

美沙子が、ビクッと肌を震わせて喘いだ。

「大丈夫……？」

「え、ええ……、いいのよ、そこ、もっとこすって……」

美沙子が言い、鉄夫は指をワレメ内部で蠢かせた。熱く濡れた柔肉が、指を包み込んでくるようだ。あまりにヌルヌルして、どこがどんな形をしているのか、手探りだけでは全く判らなかった。

指の腹を押し込むと、どこまでも深く呑み込まれていくようだった。

熱い蜜は後から後から溢れ、ピチャピチャと音まで聞こえてきそうだった。

「ああッ……！　き、気持ちいいっ……」

とうとう美沙子が、クネクネと悩ましく身悶えながら口走った。

「ね、鉄夫さん、私のこと、好き？」

「も、もちろん、大好きです……」

「じゃ、何でも言うことをきいてくれる?」

「はい」

鉄夫も、もう美沙子が全面的に快感を口にし、感じているのが分かったから、激しく興奮しながら頷いていた。

もちろん、それでも自分からは何もできず、言われるまま従うだけだった。

「もっと強くいじって。それから……」

言いながら美沙子はネグリジェをさらにたくし上げ、

「吸って……」

見事な巨乳を鉄夫の顔に押しつけてきた。

鉄夫はチュッと含み、大きな膨らみに顔を埋めた。

「ああっ、いいわ……」

美沙子は喘ぎながら、激しくギュッと鉄夫の顔を抱き締めてきた。

「むぐ……!」

鉄夫の鼻も口も、柔らかなお肉に包み込まれ、危うく窒息しそうになった。

乳首はコリコリと硬く勃起し、舌でチロチロと弾くたび、美沙子の柔肌が悩ましくうねった。

「こっちもよ。ちゃんと指も動かして……」

美沙子は、もう片方の乳房も突き出してきた。

鉄夫は乳首を吸い、舌で転がしながら指も動かし、熱く濡れたワレメの内部をいじり続けた。

「そおっと、噛んでみて……」

言われて、鉄夫は乳首にそっと歯を立て、小刻みに動かしてみた。

「アアッ……、すごい、いい気持ちよ……」

美沙子は少しもじっとしていられないほど身悶え、さらにグイグイと鉄夫の手に股間を押しつけてきた。

「指、入れてみて、奥まで……」

「ここ……？」

「もう少し下、そう、そこ……、あう……、いいわ、もっと深く入るでしょう？」

言われるまま押し込んでいくと、やがて、中指は根元まで完全に呑み込まれてしまった。

中は熱く、キュッと指が締め付けられてきた。

そして内部の天井の膨らみをこすりながら、鉄夫は夢中になって乳首を吸い、たまに嚙んで刺激した。

鉄夫の方も、興奮は最大限に高まっていた。

何の愛撫をされているわけでもないが、憧れの美人妻のワレメ内部に指を入れ、乳首を吸っているのだ。童貞にとって、その感激は計り知れない。

しかも巨乳の谷間や腋の下からは、湯上がりの香りに混じって、ほんのりと美沙子本来の汗の匂いが甘ったるく漂いはじめ、さらに上の方からは熱く湿り気のある、美沙子の吐き出す甘くかぐわしい息まで漂ってくるのだ。

「あ……、ああっ……、すごいわ……」

やがて美沙子は、ヒクヒクと肌を震わせ、潜り込んだ鉄夫の指をキュッキュッと締め付けながら何度ものけぞった。

どうやら小さなオルガスムスの波が連続して押し寄せ、これだけの行為でいってしまったようだったが、夢中になっている鉄夫には解らなかった。

「も、もういいわ……、指を、抜いて……」

全身から力を抜き、美沙子がハアハア喘ぎながら言った。

鉄夫は身を離し、指を引き抜いた。

中指がヌルヌルになっていて、嗅いでみたが熱気ばかりで特に匂いはない。舐めてみると、うっすらとした酸味が感じられた。

「まだよ。出ていかないでね……」

美沙子が呼吸を整えながら言い、布団の中でモゾモゾと、乱れているネグリジェを完全に脱ぎ去ってしまった。

4

「鉄夫さんも脱いで。全部」

言われて、彼も震える指でパジャマを脱ぎ去り、ブリーフも降ろしてベッドの外へ投げ出した。

「経験、あるの？」

訊かれて、鉄夫は首を横に振った。

「初めての相手が、私でもいい？」

今度は、力強く頷いた。

「そう、嬉しいわ。じゃ何もかも、私に任せて……」

美沙子が全裸のまま、仰向けの鉄夫にのしかかってきた。

「キスも初めて？　じゃ、鉄夫さんのファーストキス、奪うわよ」

言い、顔を寄せてピッタリと唇を重ねてきた。

が、柔らかく暖かな感触があっただけで、ジックリ味わう間もなくすぐに離れた。

「どう？　どんな感じ？」

「あんまり、よく……」

「そう。じゃ今度は大人のキスよ」

近々と顔を寄せたまま言い、美沙子は再び唇を密着させてきた。

すると彼女の唇が開かれ、ヌルッと生温かいものが鉄夫の口に侵入してきた。

前歯を開いて受け入れると、それはヌラヌラと鉄夫の口の中を、隅々まで舐め回してきた。

鉄夫も、恐る恐る舌で触れてみると、それは嬉々としてクチュクチュとからみ合ってきた。

何とも温かく甘い、柔らかな舌だった。

鉄夫も、次第に夢中になって舌をからめ、注がれてくる美人の温かい唾液で喉を潤し、湿り気のある甘い吐息で胸を満たした。

長い長いディープキスが続き、鉄夫は美沙子の吐息に酔い痴れて、朦朧となってきた。しかも顔の左右に美沙子の黒髪がカーテンのようにサラリと流れ、その内部に、美沙子の何ともかぐわしい吐息が籠もるのだ。二人の口を淫らに唾液が糸を引いて結んだ。

「ううん、可愛い！　もう我慢できないわ……」

美沙子が口走り、そのまま鉄夫の鼻といわず頬といわず、母猫のようにペロペロ舐め回しはじめた。

「ああ……」

鉄夫はうっとりとし、美人妻の唾液と吐息の匂いに包まれ、溶けてしまいそうな快感に包まれた。

顔じゅうが清らかな唾液でヌルヌルになり、美沙子は鉄夫の耳の穴まで舐め、耳たぶをキュッと噛んで、首筋を舌で這い下りていった。

耳も首筋も、これほど感じるとは夢にも思っていなかった。

やがて乳首が舐められ、強く吸われ、たまに軽く噛まれた。

「ああっ……」

「ふふ、くすぐったい？　ダメよ、じっとして……」

美沙子は、少年の初々しい反応を楽しむように両の乳首を舐め、さらにゆっくりと下降していった。

（う、うわ……、まさか……）

彼女の舌の感触と、肌をくすぐる熱い息が徐々に股間に向かっているので、鉄夫はじっとしていられなかった。

もちろんフェラチオという言葉と意味ぐらいは知っているが、エロ劇画以外、裏ビデオなどの実際の映像すら見たことはなかった。

それは、どんなものだろう。肉体的な快感と、女性にペニスを舐めてもらうという精神的な快感は計り知れず、その感覚は想像に余りあった。

どっちにしろ、不器用で消極的な自分には、まだまだ何年も先のことだろうと思っていたのだが、それが、こんな綺麗な人妻にしてもらえるなんて、まるで夢のようだった。

（簡単に出しちゃいけない。少しでも、この感激を長く楽しむんだ。第一、いきなり口に出したら失礼じゃないか。追い出されてしまうかもしれないぞ……）

鉄夫があれこれ思っているうちにも、彼女の舌は彼のおヘソをクチュクチュ舐め、さらに下腹部へと移っていった。

そして鉄夫の脚を大きく開かせ、その中心に身を置いて、近々と顔を寄せてきた。

女性の顔の前で、大きく股を開くことは、何と気恥ずかしくゾクゾクと胸の震える行為であろうか。

「おっきい……、すごいわ。こんなにカチンカチンになって……」

美沙子が股間から囁き、指先でピンと亀頭を弾いてきた。

「く……」

生まれて初めて女性に触れられ、鉄夫はあまりの興奮に天井がグルグル回っているようだった。

美沙子はそっと根元を摑み、まずは陰嚢《いんのう》にチロッと舌を這わせ、睾丸をチュッと吸ってから、幹の裏側をゆっくりと舐め上げてきた。

長い髪が内腿をくすぐり、熱い息が恥毛をそよがせた。

尿道口が舐められ、やがてパクッと亀頭が含まれる。

そのまま美沙子は喉の奥まで呑み込んでいき、上気した頰をすぼめ、チューッと吸いながら唇でカリ首を締め付けてきた。

もう、あまりの心地よさに何が何だか分からない。

そして熱い口腔に含まれたまま、ヌラリと触れてくる舌を感じた途端、鉄夫はあっという間に激しい快感に全身を貫かれていた。

「あう……、で、出ちゃうよお……」

言ったが遅く、あまりに大量のザーメンは、ドクンドクンと勢いよく脈打ち、含んだままの美人妻の喉の奥を直撃していた。

「ウ……、ンンッ……」

美沙子は少しだけ呻いたが、何とか咳き込まずにすみ、口を離すこともなかった。

なおも噴出するザーメンを舌の上に受け、口の中がいっぱいになるとゴクリと喉へ流し込んだ。

飲み込まれると、口の中がキュッと締まって亀頭が刺激され、さらなる快感が突き上がった。

(の、飲まれているぅっ……!)

鉄夫には信じられなかった。自分のドロドロした欲望の証しが、こんな綺麗な奥さんの喉を潤しているなんて、バチが当たるかもしれないと思った。

永遠に続くかとも思われた快感も、ようやく下火になり、最後の一滴がドクンと絞り出された。

鉄夫は全身の緊張を解いて、うっとりと快感の余韻に浸ったが、まだ激しい動悸は治まらず、大変なことをしてしまったという興奮とおののきがいつまでも胸を震わせていた。

美沙子はまだ含んだまま、ヌメった尿道口をチロチロと舐めて清めてくれ、すべて完全に飲み干してから亀頭を吸い、スポンと口を離してくれた。

「いっぱい出たわね。味も、濃い感じがしたし、それに、さすがに若いわ。ほら、まだこんなに硬く立ってる……」

美沙子は股間から艶かしい眼差しで囁き、射精してもなお勃起しているペニスを、頼もしげに眺めてからもう一度キスしてくれた。

5

「いい？　恥ずかしいけど、お勉強だから見せてあげるわね」

美沙子が言い、鉄夫の目の前で大きく脚を開いてくれた。

(う、うわーっ……！)

何があっても驚く鉄夫だが、とにかく生まれてから今日まで、美人のこんな大胆なポーズを見たことがなかったのだ。

色白の滑らかな肌が惜し気もなく露出され、ムッチリした内腿が全開になったのだ。

その中心部に、熟れた果実が弾け、大量の果汁とともにピンク色の果肉が覗いていた。

夢ではない。

こんなに美人の人妻が、自分みたいな田舎者の子供相手に、ヌレヌレになっているのだ。

こんなにも早く簡単に、生身の肉体に接することができるのだったら、留守中に寝室に忍び込んだり、下着を物色したりしなくてもよかったのだ。

鉄夫は美沙子の股間に腹這いになり、中心に顔を寄せた。

黒々とした恥毛が股間の丘に茂り、真下のワレメからはピンクの花びらが左右にはみ出していた。

さらに美沙子が両の人差し指をワレメに当て、グイッと陰唇を左右に広げて見せてくれた。

「見える？　ちゃんと見て、奥まで。もっと近くに寄って、ああッ……！」

たちまち美沙子は喘ぎはじめた。中心部に感じる鉄夫の熱い視線と、内腿にかかる息だけで、ジワジワと感じはじめたのだろう。

しかも、普段なら決してできないような恥ずかしい行為をしているのだ。何も知らない少年に教えるという名目で、美沙子は大胆な自分を演じ、すっかり露出快感に陶酔してしまったようだった。

股間には、熱気と湿り気が籠もって渦を巻いていた。

めいっぱい開かれた陰唇の内部は、ヌメヌメと蜜に潤い、何とも艶かしい形状をしていた。

鉄夫は興奮よりも、ジックリ観察する方に神経が行ってしまった。もっとも、口内発射でスッキリした直後だから、何とか見ることに集中できたのだろう。

内部には細かな襞が入り組み、おそらくその奥だろう。ヒクヒク息づくホールが膣口であり、挿入したり出産したりする穴だ。

スタンドの光に照らされて、その少し上の柔肉に、ポツンとした小さな穴があり、これが尿道口だろう。

さらにワレメの上の方には、小指の先くらいの包皮の出っ張りがあり、その下からツヤツヤした小さな真珠のような突起が見えた。包皮を帽子のようにかぶり、光沢のあるそれがクリトリス。

鉄夫は一つ一つ確認し、やがて自分でも指を伸ばして触れてみた。

さっき指を入れてこすった部分がこの辺だろうかとか、あれこれ観察するうちにも美沙子はクネクネと身悶え、股間を突き出してきた。

「お、お願いよ……、見るだけじゃなく……」

声を上ずらせ、濃厚な愛撫を要求してきた。

鉄夫は、吸い寄せられるように顔を埋め込んでいった。

恥毛の丘に鼻を押し当てると、柔らかな感触が伝わってきた。

生暖かく、優しい肌触りだ。

いま自分は、女性の股間に顔を埋めているのだ。何という幸せだろう。

深呼吸すると、恥毛の隅々に籠もった匂いが鼻腔に満ちてきた。

湯上がりの香りに美沙子本来の体臭が微妙に入り混じり、何とも言えない芳香にブレンドされていた。

先日の洗濯前の下着ほど、はっきりした匂いではないが、何といっても今は生身に顔を埋めているのだ。その感激と興奮は絶大だった。

鉄夫は鼻をこすりつけ、隅々に籠もった匂いを貪欲に嗅ぎ、やがてワレメに舌を這わせていった。

まずは陰唇の表面から舐め、ゆっくりと内側へ差し入れていった。

奥へ行くほど熱く、ヌルッとした感触が多くなってきた。

大量のヌメリを舐め取ると、トロッとした舌触りで、さっき指を嗅いだ時と同じうっすらとした酸味があった。

「ああっ……、も、もっと……」

美沙子が、ワレメを広げていた指を離し、自らの巨乳を揉みしだきはじめた。

鉄夫は奥まで舌を押し込み、膣口周辺の細かな襞をクチュクチュかき回し、そのまま果汁を味わいながら、ゆっくりとクリトリスまで舐め上げていった。

「あうッ……、い、いい気持ち……！」

美沙子が、ムッチリした量感ある太腿で、ギュッと鉄夫の顔を締め付けてきた。

そしてきつく挟んだまま、何度もガクガクと腰を浮かせて悶えた。

鉄夫は、そのたびに上下するワレメを追うように舐め、やがて口のまわりから顔じゅうまでも唾液と愛液でヌルヌルになってしまった。

「ね、嫌でなかったら、ここも……、ほんの少しでいいから、舐めて……」

美沙子がハアハア喘ぎながら言い、自ら両足を浮かせてきた。

鉄夫の目の前に、大きな桃の実のようなお尻が、見事な逆ハート型に迫った。

色白の肌は上気してピンクに染まり、谷間の奥では、可憐なツボミがしクヒクと震えていた。

鉄夫は、舐めやすいように両の親指でグイッとお尻のワレメを開き、ワレメとは別の、もう一つの艶かしい部分を間近に見た。

ツボミは、ややグレイがかったピンク色。細かな襞が、中心部から周囲に向かい、放射状に広がり、その部分とまわりの肌の部分との境目は、実に微妙で判別しにくかった。

そっと鼻を当てても、特に匂いはなく物足りない思いだった。こんな美しい女神さまのお尻の穴なら、たとえ用を足した直後だって喜んで舐められる、と鉄夫は思った。

鉄夫は舌を伸ばし、チロチロとソフトタッチでくすぐるように舐めた。

「あうう……、いい気持ちよ……、も、もういいわ……」

美沙子は遠慮がちに言い、浮かせた脚をガクガクさせた。

鉄夫は唾液でヌメらせてから、とがらせた舌先を内部にまで押し込んでみた。

「あん！　そ、そんなことまで、してくれるの……？」

だって、全然イヤじゃないもの、と鉄夫は心の中で言いながら、直腸のヌルッとした粘膜を味わった。

クチュクチュと舌を動かすと、うっすらと、甘苦いような味覚が感じられた。

さらにヌルヌルと舌を出し入れすると、

「ああーっ……！」

美沙子は上ずった声を洩らし、鉄夫の鼻先にあるワレメから、白っぽく濁った愛液を溢れさせてきた。

鉄夫は心ゆくまで美人妻の肛門を舐め尽くし、ようやく舌を抜き、愛液のシズクを舌ですくい取りながら、再びワレメ内部を舐めはじめた。

「ゆ、指、入れて……」

言われて、鉄夫はクリトリスを舐めながら、手のひらを上に向け、また中指をズブズブと押し込んでいった。

そして膣内の天井を指の腹でこすりながら、クリトリスを舐め、時には吸い付き、激しく悶える美沙子を観察した。

舐めながら目を上げると、茂みの向こうに滑らかな白い肌が続き、さらに巨乳の間から、のけぞる美沙子の丸い顎が見えた。

白っぽく濁った愛液は、透明な蜜よりも粘つきが多く、酸味もいっそう濃くなった感じがした。

「ああん！　もうたまらないわ。入れて……」

美沙子が口走った。

もちろん鉄夫自身は、すっかり回復し、いつでもスタンバイできていた。

指を引き抜き、顔を離し、鉄夫は身を起こして前進した。

勃起したペニスを構え、股間を突き出すようにして、先端をワレメに押し当てた。

「もう少し下……、そう、そこよ、来て……」

美沙子が誘導してくれ、鉄夫がグイッと腰を沈み込ませると、ピンピンに張り詰めた亀頭が、ヌルッと潜り込んだ。

「アアッ！　そうよ、もっと、いちばん奥まで……」

美沙子は言いながら、支えを求めるように両手を伸ばしてきた。

亀頭がヌメッた膣口を丸く押し広げ、そのまま挿入すると、ペニスは実にスムーズに、ヌルヌルッと根元まで呑み込まれていった。

「すごいわ。いい気持ち……！」

完全に身を重ねると、下から美沙子がしがみついて言った。

内部は熱く、ペニスは心地よく濡れた柔肉に包み込まれた。

入口周辺が、上下にキュッときつく締まる。

つい、陰唇を左右に開くものだから、内部も左右に締まるかと思ったが、実際は上下で、これも新発見だった。

それにしても、挿入時の柔襞の摩擦の何と心地よいこと。もし、さっき口内発射で一度出していなかったら、その刺激だけでたちまち昇りつめていただろう。

深々と押し込み、ジックリと内部の温もりと感触を味わいながら、豊満な美沙子の肌に身体を預ける。

セックスとは、何といいものだろう。あのまま田舎にいたら、一生こんないい思いはしないで終わったかもしれない。

「突いて……、腰を前後に動かすの……、ゆっくりでいいから」

美沙子が、熱く甘い息で囁く。

鉄夫はそろそろと、ぎこちないながら腰を突き動かしはじめた。

そっと腰を引くと、膣内がキュッと締まり、ペニスに吸い付くようだった。

今度は押し込むと、ヌルッとした蜜壺の奥に、どこまでも深く潜り込んでいくようだった。

何度か動くと、次第に要領も分かってきて、やがて鉄夫はリズミカルに律動をはじめた。

「ああッ！　上手よ。もっと強く。深く、奥まで突いて、アアーッ……！」

美沙子が息を弾ませ、自らも下からズンズンと股間を突き上げ、リズムを合わせてきた。

一方的に愛撫されるのも気持ちいいが、こうして快感が一致するのも最高だった。

そして鉄夫は、自分が気持ちいいと思う動きが、同時に相手の快感でもあることを知った。

あとは、暴発しないよう、少しでも長く保たせることだった。

果てそうになると動きをゆるめ、屈み込んで乳首を吸ったり、伸び上がって唇を求めたりした。

下で弾む肉体は、最高のクッションのようだった。

やがて動いているうち、ジワジワと限界が迫ってきた。

しかし先に、美沙子の方が狂おしくガクンガクンと激しい痙攣をはじめた。

「ヒッ！　い、いくッ！　気持ちいいっ！　ああーっ！　すごいわ……！」

切れぎれに口走り、鉄夫を乗せたままブリッジするように激しくのけぞり、鉄夫はまるで暴れ馬に乗っているように、必死にしがみついた。

そして悩ましく収縮する膣内の蠢きに、とうとう鉄夫も絶頂を迎えてしまった。

「く……！」

短く呻き、二度目とも思えない大量のザーメンを放出した。

「アアッ！　熱いわ、いま出てるのね……、感じる、あうーっ……！」

美沙子は何度も何度も身を弓なりに反らせて悶え、やがてすうっと力が抜け、グッタリと静かになった。

鉄夫も全て出しきり、動きを止めて体重を預け、美沙子の甘い息を嗅ぎながら、うっとりと快感の余韻に浸った。

第二章　勉強部屋の秘密

1

「なあ、少しでいいから付き合えよ。仲間がバイクで待ってるからよお」

放課後、廊下で、見るからにツッパリの男が、鉄夫と同じクラスの女の子の腕を摑み、強引に誘おうとしていた。

ポマードで固めたリーゼントに、吊り上げるように眉尻を剃り、見るからに先祖代々知性も気品もないという腹の立つ顔立ちの男だった。一応は本校の生徒なのだろうが、派手なシャツに赤いジャンパー、汚らしい耳にはピアスまでしていた。

声をかけられている女生徒は、きちんとしたセーラー服にショートカット。ソックスもルーズではなくきちんと三つ折りにしたもので、つぶらな瞳が可憐な、実に清純派らしき美少女だった。

鉄夫は、こういうのに黙っていられない性格だった。

「ちょっと、嫌がってるんだから諦めなさい」

二年生らしいツッパリ男に言うと、奴は異星人でも見るように、薄い眉を段違いにして顔を傾けた。

「ぬわーにいい？　今なんつったあ？」

顔を寄せて言い、鉄夫の返事も待たずに胸ぐらを摑んできた。

「てめえなんかに何の関係があるんだよお」

「彼女は、僕と同じクラスの子だから、関係はあります。嫌がる子に言い寄るのはみっともないです」

「ぬわーんだとお？」

男は完全に鉄夫に向かい合い、女の子は驚いたようになりゆきを見守っていた。

「ナメてんじゃねえぞ。この野郎！」

男は、いきなり鉄夫の顔面にパンチを繰り出してきた。

ガツッと音がして、奴の拳は鉄夫の左頰に炸裂した。

女の子はビクッとした。自信ありげに出てきたものだから、パンチぐらい避けるかと思ったのだが、鉄夫は微動だにせず、それを頬に受けたのである。

しかし、殴られた鉄夫はニッコリと笑った。

「な、何がおかしいんだ!」

「先に手を出したね。よかった。これで叱られないですむ」

鉄夫は言った。

田舎では、喧嘩するとかならず先生に、先に手を出したのはどっちだと訊かれ、そいつがこっぴどく叱られていたのである。応戦はかまわないが先手はいけないという単純な図式が、今も鉄夫の胸には刻まれていたのだった。

「何わけのわかんねえこと言ってんだ!」

男が、次のパンチを繰り出してきた。

しかし鉄夫は素早く動いていた。

パンチをかいくぐって奴の腰に組みつき、そのまま強引な腰投げ。チビだが力はあり、相手は見事に宙に舞った。

「ぐげっ……!」

柔道の正式な投げではないから受け身も取れない落下をし、男は肩と横面を床に叩きつけられて奇声を発した。

「さあ、早く行きなさい」

鉄夫は女の子に言ったが、彼女は行こうとせず、さらに起き上がった男を見て目を丸くした。

「こ、この野郎……、ブッ殺してやる……」

男はポケットからバタフライナイフを取り出し、刃を立てて構えた。

鉄夫は激怒した。

一対一の男同士の喧嘩に武器を使うような奴、まして刃物を出す奴は根性の腐った卑怯者だ。

「鉛筆も削れない都会もんが、それをどう使うのか見せてもらおうか！」

鉄夫は眉を吊り上げ、一歩も引かぬ構えを見せた。

「て、てめえ……」

男は、計算が狂ってタジタジとなった。ナイフを見せればビビるだろう。そこで蹴りを入れ、さらに倒れたところをボコボコにするつもりだったのだ。

一瞬ひるんだ奴の手首を、鉄夫が難なくわし掴みにしていた。

そしてナイフの動きを封じておき、すかさず奴の顔面にヘッドバッド。

「うぎゃーっ……」

男はのけぞった。

そのまま鉄夫は足を払って仰向けに倒し、馬乗りになった。

ナイフを握った手首だけ床に押さえ付けて、猛烈なビンタの嵐。さらに耳のピアスを引っ張ってやる。

「ひいーっ……、み、耳がちぎれるう……！」

「チャラチャラと飾りをつける耳なんか要らんだろう。親にもらった身体に穴を開けて恥ずかしくないか！」

鉄夫は血が滲むまで、容赦なくピアスを引っ張った。

その頃には、もう周囲に人垣ができていた。

「へええ、一年の転校生が、二年の古沢《ふるさわ》をやっつけてるぜ」

「大した根性だねえ。田舎もんパワーってやつか」

みな口々に言う。特に二年生男子は感心していた。どうやらワルの古沢には手を焼いていたのだろう。

三学期は、三年生はもう自由登校になっているから、校内の主流は二年生なのだ。

「ごめんなさいは？」

「て、てめえ、いててて……！」

「ごめんなさいは？」

「ご、ごめんなさい……」

古沢が情けない声で言うと、見物人がどっと笑った。

「よし」

鉄夫は耳から手を離し、男のナイフだけ取り上げて刃をたたんだ。そして自分のポケットに入れて立ち上がった。

「お騒がせしました」

ギャラリーに一礼すると、全員が拍手した。他人に無関心な都会者が、嫌われ者の惨めな姿を前にして心が一つになったようだ。

「おいおい古沢。恥を知ってるなら窓から飛び降りたらどうだ」

「そうだそうだ。お前が弱いってことをみんな知ったぞ」

今までいじめられていた連中が、古沢に罵倒を浴びせかけた。

「ち、ちっくしょう……！」

古沢はようやく起き上がり、人の輪を抜けて一目散に立ち去っていった。

鉄夫もカバンを持ち、そのまま帰ることにした。

そして校門を出たところで、

「ちょっと」

声をかけられた。さっきの女の子である。

「やあ、ええと……」

「桂木由佳《かつらぎゆか》」

彼女は名乗り、すぐに声を張り上げてきた。

「あんた、バッカじゃないの？」

「え……？」

清純派に似合わない口調に、鉄夫は目を丸くした。

「別に、あたしは困ってなんかいなかったんだよ。アイツとは前に付き合ってたことがあったから、軽くあしらうぐらい何でもなかったんだ」

「……」

鉄夫は、きちんとした服装で髪も染めてない由佳と、乱暴な言葉遣いのギャップに声を失っていた。

「なに見てるのよ。ああ、このセーラー服？　この方が内申書の受けがいいのよ。一応どっか推薦で大学入ろうと思ってるしね、それに家もうるさいから」

してみると、清純派は表面だけ、ってことなのだろうか。

「それにエンコーも、制服の方が人気あるからね」

「エンコーとは？」

「援助交際よ。決まってるじゃない」

「バカモン！」

鉄夫は大声で怒鳴りつけた。

「な、何よ、大きな声出して。ああびっくりした。嘘よ。田舎もんのあんたをからかっただけ。あたしはオジンは趣味じゃないの」

「じゃ、あんな古沢とかいう低能ならいいのか。バカとやるとバカになるぞ。そしてバカが生まれて、無駄な人口が増えるのだ。牛や豚ならいくら増えてもいいが、バカな人間だけはどうにもならん」

「あんた、いちいち言うことがオジン臭いねえ」

言いながらも、由佳はクスクス笑いだしてしまった。

「礼を言う気はないけど、一応は助けてくれたんだからね、ちょっと付き合って」

由佳は言い、先にさっさと歩きはじめた。

2

「ここはあたしの部屋だから、遠慮しないで」

マンションのワンルームで、由佳が烏龍茶を出しながら言った。

自宅とも思えないので、親にねだって借りてもらっている勉強部屋、というところなのだろう。

しかし実際は、ここで私服に着替えて遊びに出たり、不良少女同士でたむろしたりする遊び場にもなっているようだった。

「で、ここで古沢ともやったのか」

「あんたもしつこいねえ。したよ。一度だけだけど。妬いてるの?」

「うん、少し……」

鉄夫は答えた。

由佳を好き、というのではなく、あんなバカが、こんな美少女と簡単にできる、ということへの嫉妬だった。

「あんた、正直ねえ。でも、まだ童貞でしょ?」

由佳は、この純朴な田舎者と話しているのが楽しいらしい。同い年だが、お姉さんのような気持ちでいろいろ教えてくれようとしているのだろうか。

鉄夫は、小さく頷いた。

本当は美沙子とのめくるめく体験があったが、あれは一夜の夢のようなものだったと解釈している。何しろ翌日には修一が帰ってきてしまい、美沙子も何事もなかったかのように平然としているのだ。

それに、童貞ではないと言えば、由佳はあれこれ追及してくるだろうし、童貞と答えた方が彼女が喜ぶような気がしたのだ。

「したい？　あたしと」

由佳が、ベッドの端に座って、悪戯っぽく笑って言った。

ワンルームにあるのは、ベッドとテーブルと、小さな冷蔵庫だけだ。もちろんバス、トイレにキッチンもあるから、まさにセックスと宴会をするためにあるような部屋だった。

「したいけど、ダメだ」

「どうして？」

「そんなに、簡単にするもんじゃないよ。知り合ったばかりなのに」

鉄夫は正直な気持ちを言った。

美沙子のように成熟した大人なら、どうしようもない欲望もあるだろうし、それに応えるのは大きな喜びだった。だが同い年となると、まだ由佳には将来もあるし、愛情でなく欲望だけで行なうのはためらいがあった。

「好きなら構わないじゃない」

「好きなんて、信じられないよ」

「会ってすぐ好きになることって、ない？」

「あ、あるけど……」

「じゃ、いいでしょう。あたし、好きになっちゃったみたい」

由佳は言い、鉄夫の手を引っ張ってベッドへと誘った。

そして強引に彼を仰向けにし、ピッタリと唇を重ねてきてしまった。

実に柔らかな唇だ。

鉄夫は次第に力が抜け、大人の美沙子とは違う、果実のように甘酸っぱい美少女の吐息の匂いに、うっとりと酔い痴れてきてしまった。

やがて舌が伸び、由佳は鉄夫の唇を舐め回してきた。

鉄夫も舌を伸ばし、ヌラヌラとからめていった。

由佳の舌は何とも美味しく、甘くトロリと濡れていた。

と、由佳がいきなり鉄夫の股間にタッチし、ようやく唇を離した。

「なあんだ。ほら、こんなに立ってるじゃない」

「そ、それは……」

「ね、脱いで……」

由佳が言い、自分もシルクのスカーフを解いてシュルッと抜き取った。

そして鉄夫の前で、みるみるセーラー服が取り去られ、瑞々しい小麦色の肌が露出していく。

もう鉄夫も興奮し、後戻りはできなくなっていた。

やっと鉄夫がノロノロと服を脱ぎはじめた頃には、もう由佳は最後の一枚だけになってしまい、可愛らしいオッパイまで丸見えにさせていた。

「じゃ、待っててね。いそいでシャワー浴びてくるから」

言い置き、由佳がベッドを下りようとした。

その手を握って引き戻し、鉄夫は彼女をどさりと仰向けにさせた。

「な、何するのよ。そんなに焦らないで……」

「どうか、このままでいて」

鉄夫は哀願するように言った。

「なぜ……」

「女の子の、肌の匂いが知りたいから」

思いきって、恥ずかしい願望を口にしてしまった。

前から、女体のナマの匂いに憧れがあったのだ。美沙子の時には湯上がりだったので、少々物足りなかった。

「そんな、恥ずかしいわ……。今日、体育があったの知ってるでしょう?」

「それでも、どうしても知りたいんだ」

「そ、そうか……、初めてだもんね。でも、もし嫌だったら、すぐ言って……」

由佳がモジモジと言い、結局は言いなりになってくれた。恥じらう由佳が、急におしとやかなお嬢様に感じられた。

おそらく由佳の体験した、古沢をはじめとする今までの何人かの男は、みな行為の直前にシャワーを要求し、せっかくのナマの匂いを消すようなバカどもばかりだったのだろう。

やがて鉄夫もブリーフ一枚になり、仰向けの由佳にのしかかっていった。

さすがに初々しい色合いの乳首を含み、チュッと吸い付くと、

「あ……、あん……」

由佳が、鼻にかかった甘えるような喘ぎ声を洩らしてきた。

確かに胸元は汗ばみ、腋の下の方からも甘ったるいミルクのような匂いが漂ってきていた。

両の乳首を交互に含み、舌で転がした。そして美沙子に言われたように、痛くならないようにそっと噛んだりした。

「ああッ……、き、気持ちいいっ……」

由佳は、すぐにもクネクネと身悶え、声を上ずらせてきた。

オッパイはそんなに大きくないが、乳首は激しく感じるようだ。

鉄夫はオッパイの谷間に顔を埋め、美少女の汗の匂いを嗅ぎ、さらに腕を差し上げて、ジットリと汗ばんだ腋の下にも鼻を押しつけていった。

「あん、ダメ……、汗臭いから……」

「すごくいい匂い」

「いやあん……！」

恥じらいに、由佳がギュッと鉄夫の顔を抱き締めてきた。

生暖かく湿った腋の下の窪みは、何とも甘ったるい、ミルクのような汗の匂いが濃厚に籠もっていた。

（これが、女の子のナマのフェロモンなんだ……）

鉄夫は感激し、美少女の汗の匂いを胸いっぱいに吸い込んだ。

舌を這わせたが、特に味はない。剃り痕のザラつきもなくツルツルしていた。

鉄夫はもう片方の腋の下にも潜り込み、心ゆくまで嗅いでから、脇腹を伝い下り、中央に戻っておヘソをクチュクチュと舐めた。

そして、無地のパンツが覆っている股間を後回しにし、ムチムチと肉づきのよい健康的な太腿を舐め、足の方へと下りていった。

足はうっすらと産毛と紛う和毛に覆われ、柔らかな肌ざわりだ。

足首を摑んで浮かせ、足の裏にもキスしてみた。

揃った指に、裏側から鼻を押し当ててみると、ほんのりした匂いがあった。汗と脂と土埃が混じった、女子高生の匂いだ。これが健康的な、都会の少女の匂いなのかも知れない。

パクッと爪先を含み、指の股にヌルッと舌を割り込ませると、

「ああっ！　くすぐったい……。ダメよ、汚いわ……」

由佳がか細い声で言い、ガクガクと足を震わせる。もう、さっきまでの不良っぽい

口調は影をひそめ、すっかり女らしい声と言葉になっていた。

こんなに細かく丁寧な愛撫を受けるのは、あるいは初めてなのかもしれない。きっと今までの低能男どもは、オッパイを揉んでアソコをいじってフェラをさせ、すぐに突っ込んで機械的に動くだけだったのだろう。

それならば、まだ由佳は処女、といってもよいかもしれない。まだ本当の悦びも知らないのだから。

本当に、こんな可憐な美少女を、つまらん男が簡単に散らしているのだ。ややもすれば妊娠させ、堕ろさせたり、あるいはできちゃった結婚をして、まだ若いから必ず離婚し、無駄な人口がどんどん増えていくのだ。

勉強のできない、ボキャブラリーの貧困なツッパリはウジ虫なのだ。セックスする資格などないのだ。奴らは当然バカだから、アダルトビデオの真似をして顔面発射などを得意げに行ない、それで女を征服したような気になっている。

しかし、実際はこのように丁寧な愛撫をすれば、女の子は本来の恥じらいと女らしさを取り戻し、よりよい女性へと成長していくのである。鉄夫は理屈ではなく、感覚的にそうしたことを理解しつつあった。

鉄夫はほんのりしょっぱい足指の股を舐め回し、両足とも隅々まで愛撫した。

そして脚の内側を舐め上げ、いよいよ最後の一枚をゆっくりと脱がせていった。

3

由佳が、一糸まとわぬ全裸になり、鉄夫はその脚の間へと顔を進めていった。

スベスベの内腿の間に入ったときから、ふんわりした熱気が肌の匂いを伴い、鉄夫の顔に感じられた。

小麦色の肌も、さすがに股間のビキニラインの内側は色白で、Yの字の中心部はぷっくりした丘になっていた。そこに、柔らかそうな若草が淡く楚々と煙り、真下のワレメは、まだほんの縦線が一本あるきりで、綺麗なピンクの花びらも、ほんの少ししかはみ出していなかった。

股間から見上げると、由佳は両手で顔を隠して息を殺しており、とても美沙子のように指で開いて説明まではしてくれそうになかった。

こんな形でジックリ見られたり、時間をかけて舐めてもらった経験がないのかもしれない。

今までの低能ツッパリのバカ男どもは、女性に奉仕させることばかり優先し、ろくな愛撫などしてこなかったのだろう。

そんな男は一生セックスなどしなくてよい。いずれ村の山の神の怒りが爆発するであろう、と鉄夫は思った。

仕方なく、自分で指を当て、グイッと陰唇を開いた。

中は、美沙子に負けないほど愛液がタップリと溢れていた。

やはり奥の膣口のまわりには、細かな襞が複雑に入り組み、尿道口もはっきりと確認できた。

包皮の下からツンと突き出ているクリトリスは案外大きめで、よく見るとペニスの亀頭の形をしていた。

さすがに陰唇はまだツヤツヤと張りがあり、美沙子よりもずっと幼い感じだった。

鉄夫はそっと顔を埋め込み、恥毛に鼻をこすりつけた。

美沙子の湯上がりの香りと違い、むしろ彼女の下着に近い匂いが感じられた。

甘酸っぱいような汗の匂いに、乾いたオシッコの匂い、さらに十代の女の子らしい分泌物や恥垢などもミックスされているのだろうか。

これが女子高生の、自然なままの性臭なのだろう。

鉄夫は柔らかな恥毛の隅々に鼻をこすり、うっとりと深呼吸した。

「すっごく、いい匂い」

「ああん！　ダメ、恥ずかしい……」

言うと、由佳がビクンと内腿を震わせ、さらに濃い匂いを揺らめかせてきた。

鉄夫は夢中になって鼻をクンクン言わせ、ワレメに舌を這わせていった。

肌と同じ舌触りの表面から、徐々に内部の柔肉を味わっていくと、やはり美沙子によく似た淡い酸味混じりの蜜が、舌をヌメらせてきた。

最初はジックリと味わい、次第に本格的な愛撫をするようにクチュクチュとかき回し、膣口周辺を舐めた。

そしてゆっくりとヌメリをすくい取りながら、上の方にあるクリトリスまで舐め上げていった。

「ああッ……！」

由佳が声を上げ、ビクッと電気でも走ったように股間を跳ね上げて反応した。

「感じる？」

「うん、すごく気持ちいい……」

由佳が顔をのけぞらせながら答え、鉄夫もチロチロと執拗に舐めてやった。

唾液に濡れた突起は、さらに真珠色の光沢を増してツンと突き立ち、由佳の全身をヒクヒクと震わせた。

鉄夫は美沙子が要求したように、由佳の両足を抱え上げ、可愛らしいお尻の谷間にも顔を寄せていった。

美沙子ほどのボリュームはないが、キュッと引き締まった水蜜桃のようなお尻だ。両の親指でムッチリと谷間を広げ、奥でキュッと閉じられているピンクのツボミを近々と観察した。

こんな可憐なツボミから、毎日排泄しているなんて、とても信じられなかった。鼻を押し当てて嗅ぐと、汗の匂いに混じって、ほんの少しだが、懐かしいような切ないような、生々しく秘めやかな匂いが感じられた。

(うわーっ、興奮！　やっぱり、こんな美少女でもウンコをするのだということが証明できた……)

鉄夫はわけの分からないことを思いながら、心ゆくまで嗅ぎ、舌先でチロチロと触れていった。

「あう！　い、いけないわ、そんなとこ……！」

由佳が、驚いたように言い、キュッと肛門を引き締めた。

やはり、ここを舐められるのは初めてなのかもしれない。

もちろん鉄夫は続行し、充分に唾液でヌメらせながら、細かな襞の舌触りを味わった。

そして、とがらせた舌先をヌルッと押し込み、内側の粘膜を味わった。

「ヒッ……！」

由佳が息を呑み、信じられないというふうに首を振った。

鉄夫は味も匂いもなくなるほど、時間をかけてクチュクチュと舐め回し、やがて彼女の両足を降ろし、再びワレメに舌を戻していった。

ワレメ内部は、すっかり新たな愛液でヌルヌルになり、鉄夫は隅々まで舐め取りながらクリトリスに吸い付いた。

「ああっ……、ダメ、いっちゃう。まだもったいない……」

由佳が口走り、昇りつめる前に鉄夫の顔を股間から突き放してきた。

鉄夫も、ようやく彼女に添い寝してひと休みし、ブリーフを脱いだ。

「あんなとこ舐めるなんて、どういうつもりなの……」

まだハアハア息を弾ませながら、由佳が言った。

「だって、気持ちいいだろう？」

「でも、洗ってもいないのに……」

「だから、シッカリと覚えちゃったよ。君の匂いも味も」

「バカッ……！」

由佳は真っ赤になり、今度は自分が身を起こして鉄夫の股間に屈み込んできた。

根元を握り、張り詰めた亀頭にペロペロと舌を這わせてくる。

尿道口の、少し下からヌラリと舐め上げながら、由佳は滲んでくる粘液を舐め取ってくれた。

「気持ちいい？」

「うん……」

今度は、鉄夫がうっとりと力を抜き、受け身になる番だ。

由佳はペニス全体に舌を這わせてから、今度は陰嚢を舐め回してきた。そして大きく口を開いて吸い付き、睾丸を一つずつ舌で転がした。

「ああっ……」

中央の縫い目を舌先でくすぐられると、ゾクリと震えが走り、鉄夫は思わず声を洩らした。

何といっても、される側になれば鉄夫はまだまだ初心者なのだ。

由佳も恥じらいを捨て、すっかり愛撫に専念して、持てるテクニックを駆使している。

鉄夫がビクッと反応したり声を洩らしたりすると、その部分を執拗に攻めてくれたりもした。

やがて陰嚢をまんべんなく舐め尽くしてから、今度は真上からスッポリと亀頭を含んできた。

そのままモグモグと喉の奥まで呑み込み、口の中をキュッと締め付けてくる。

由佳の口の中は熱く、ペニス全体は美少女の清浄な唾液にどっぷりと浸り込んだ。

鼻息が恥毛をくすぐり、唾液に濡れた唇が幹を丸く締め付ける。もちろん内部ではヌラヌラと舌が蠢いていた。

美沙子の時はあまりに夢中だったが、今ようやく、鉄夫は快感をジックリと嚙み締めることができた。

（今、含まれているんだ。僕がオシッコしたり、オナニーしたりする、身体の中で最も不潔だと思っていた部分を、こんな美少女に……）

鉄夫は由佳にしゃぶられながら、ジワジワと高まっていった。

しかし由佳は愛撫というより、ペニスを唾液で濡らすことに専念していたようだ。

やがてペニス全体がタップリと濡れると、すぐにチュパッと口を離してきた。

「ね、入れさせて?」

言ったのは由佳である。

「うん」

鉄夫が頷くと、由佳は仰向けの鉄夫の股間に跨がってきた。

根元に指を添え、先端を自らのワレメにあてがい、息を詰めてゆっくりと座り込む。

亀頭が美少女の膣口を丸く押し広げ、ズブッと潜り込んだ。

そのまま由佳は腰を沈めてきて、ペニスはたちまち柔肉の奥に深々と没した。

「ああッ……、いいわ……」

由佳が顔を上向けて口走り、完全に鉄夫の下腹部に体重を預け、彼の胸に両手を突いてきた。

中は狭く、熱かった。

由佳の息遣いとともに、膣内がキュッキュッときつく締まり、蠢く粘膜がペニスを舐め回しているかのように、奥へ奥へと引き込んだ。

やがて由佳は、様子を見ながらゆっくりと上下運動を開始し、次第に弾みをつけ、リズミカルに動きはじめた。

動くたび、溢れる愛液にクチュクチュと淫らな音がして、ヌメッた幹が花びらから見え隠れした。

「ね、気持ちいい……？」

上から、由佳が色っぽい眼差しで囁きかけてきた。

やはり奉仕する側ばかりで、相手の快感が気になるのだろうか。それに年齢的にもまだ、膣感覚による絶頂を体験していないのかもしれない。

「うん、すごく気持ちいい」

鉄夫は正直に言い、両手を伸ばして由佳を抱き寄せた。

由佳は身を重ねながら、なおも動いた。

上下運動が前後運動に変わり、恥毛がこすれ合い、由佳の恥骨のコリコリした手応えまではっきりと感じられた。

可愛いオッパイも胸にこすれ、鉄夫も下からズンズンと股間を突き上げて彼女にリズムを合わせた。

摩擦されるペニスばかりでなく、間近に感じられる美少女の吐き出す甘酸っぱい息だけでも、鉄夫には充分すぎる快感と興奮が得られた。

やがて限界がきた。

「あう……、い、いく……」

鉄夫は、突き上げる動きを早めながら口走った。

「いいわ、いって……」

由佳も言い、股間から全身まで鉄夫にこすりつけるように動いた。

鉄夫はたちまち、全身がバラバラになると思われるほどの快感に貫かれた。

「く……!」

短く呻き、大量のザーメンが勢いよくほとばしるのを感じた。内部に熱いザーメンが満ち、動きが急にヌルヌルと滑らかになった。

「ああん……、感じる……」

由佳も、鉄夫の射精を感じ取り、うっとりと言った。

まあ、完全なオルガスムスではないのだろうが、愛撫の時間が長かった分、いつもよりはずっとよかったようだ。

もちろん鉄夫は、由佳の感覚まで察する余裕はなく、自分の快感に夢中だった。

やがて最後の一滴まで脈打たせ、鉄夫は動きを止めた。由佳も力を抜き、グッタリと鉄夫に体重を預けてきた。

鉄夫は唇を重ね、由佳の舌を舐め、甘酸っぱい吐息を胸いっぱい吸い込みながら余韻に浸った。深々と入ったままのペニスがピクッと動くと、合わせるように由佳の膣もキュッと締まった。

4

「ね、流す前に、もう一度だけ舐めさせて……」

バスルーム内で、鉄夫は由佳にせがんだ。

そして自分はバスマットに座り込み、立ったままの由佳の股間に顔を埋めた。

「あん……、もう、田舎は変態ばっかりなの……？」

言いながらも、由佳はまだ快感がくすぶっているのか、素直に舐めさせてくれた。

「舐めやすいように、こうして」

鉄夫は彼女の片方の足を持ち上げ、バスタブのふちに載せさせた。

内腿が開き、ワレメも舐めやすくなった。

陰唇の内側からは、トロトロとザーメンが逆流しはじめているが、恥毛に鼻を埋め込む分には、由佳の匂いだけを嗅ぐことができた。

さらにワレメからお尻に回り、もう一度ツボミに鼻を押し当てて嗅いでから、ペロペロと舌を這わせていった。

「ああっ……、ま、またそんなとこ、舐めるの……？」

由佳はか細い声で言い、恥じらいと違和感に、立っていられないほどガクガクと膝を震わせはじめた。

やがて充分に舐め尽くしてからも、鉄夫は彼女のその体勢を崩させなかった。

「も、もういいでしょう……？」

「まだ。もう少し」

「今度は何……？」

「このままで、オシッコしてみて」

「そ、そんなこと……、できないわ。絶対に……」

「だって、女の人の出すところ、一度でいいから見たいんだ」

鉄夫は執拗にせがみ、由佳の腰を抱え込んだ。

「ダメ……、恥ずかしいから……」

「少しぐらいなら出るでしょう？」

「出るかもしれないけど……、そんな近くで見られてたら……、それに、そこにいたらひっかかるわ……」

由佳は、次第に軟化してきた。もうひと押しだった。

「大丈夫。少しだけ見たら、すぐ離れるから」

鉄夫が再三促すと、ようやく由佳もする気になってくれたようだ。実際、かなり尿意も高まっていたのだろう。

「本当に、少しだけよ……」

由佳は念を押し、少しずつ下腹に力を入れはじめた。

やがてワレメの変化を観察し、根気よく待った。

鉄夫はワレメの内側のお肉が、迫り出すように蠢いたかと思うと、

「あん、出ちゃう……」

由佳が小さく言い、同時にチョロッと水流がほとばしった。

「ああっ、やっぱりダメ、見ないで……」

いざ出てしまうと、夢から醒めたように大変なことをしたと思ったか、由佳は慌てて止めようと肌を緊張させた。

しかし、いったん放たれた流れは、もう止めようがなかった。

チョロチョロと勢いがついた流れは、ゆるやかな放物線を描いて、座っている鉄夫の胸を直撃してきた。

「ああ、温かい……」

「ダメ……！」

由佳はクネクネともがいたが、鉄夫は彼女の腰を押さえ付け、しゃがみ込ませようとしなかった。

胸に跳ねる流れは、温かく肌を伝い、すっかり回復しているペニスを心地よく浸してくれた。そしてほのかな湯気とともに、ふんわりした独特の香りも感じられ、鉄夫は興奮した。

陰唇を広げ、ほとばしる様子を眺めると、やはり筒のある男と違い、すぐにひねりを加えて拡散し、主流のほか、内腿を伝う分やお尻に回る分、ワレメからポタポタ滴る分など、いくつもの支流に分かれることが判った。これでは、やはり紙で拭いて処理しなければならないと納得した。

鉄夫は流れが弱まると、とうとう衝動に突き動かされ、顔を寄せて舌に受けてしまった。

熱い流れが口に入って泡立ち、可愛らしい匂いが広がった。

しかし味は薄く、抵抗なく飲み込めるほどだった。

「な、何してるのよ！」

跳ね音が変わったので気づいた由佳が、幼児の悪戯を咎めるように声を上げた。

しかし、ようやく流れも治まってしまった。

鉄夫は滴るシズクを舌に受け、ビショビショのワレメ内部を舐め回した。舐めるうち、すぐにオシッコの味と匂いが薄まり、新たな愛液の淡い酸味が感じられるようになった。

「ああん、もうダメ……」

とうとう力が抜け、由佳はそのままクタクタと座り込んでしまった。

ようやく鉄夫もシャワーを出し、互いの身体にボディソープを塗り付け泡立てた。

身体を洗い終えて、ようやく由佳もほっとしたようだった。

「すごい、もうこんなに硬くなってる……」

気を取り直し、攻勢に転じようとしてか、由佳がペニスに指を伸ばしてきた。

「また出したい？」

「うん」

「お口でしてあげようか？　飲むのは嫌いだけど、顔に出してもいいよ」

だから、バスルームでした方が後始末が楽なのだろう。

やがて鉄夫はシャボンを洗い流し、バスタブのふちに座った。

両膝を開くと、その間に由佳が顔を進めてきた。

「オシッコしたら嫌よ」

「そんなことしないよ」

「じゃ、出るとき言って」

由佳は言い、両手で挟むように幹を支えて赤い舌をチロッと出し、まずは先端からペロペロと舐め回しはじめた。

尿道口を念入りに舐め、そのまま舌先で円を描くように、張り詰めた亀頭全体をまんべんなくしゃぶった。

鉄夫はうっとりと力を抜き、快感の中心を美少女の愛撫に委ねた。

由佳は幹の側面や裏側にも舌を這わせてから、いよいよ先端からスッポリと呑み込みはじめた。

先端が喉の奥のヌルッとした粘膜に触れるほど、深々と頬張り、桜色に染まった頬をキュッとすぼめて吸ってきた。

「ああ……、気持ちいいよ……」

鉄夫は言いながら、由佳の濡れた髪を撫ぜた。

由佳はタップリと唾液を出してペニスをヌメらせ、舌の表面でクチュクチュと裏側をマッサージするように舐め、さらに顔を前後させて、スポスポと唇で幹を摩擦してきた。

鉄夫は次第に高まってきた。

バスルームの中、ペニスだけが別の空間に包み込まれている。

由佳はさらに、歯を当てないように口の中をモグモグと開閉させ、張り出したカリ首を唇でヌラヌラとこすってきた。

もちろん両手も遊んでおらず、根元を刺激したり、揺れる陰嚢をいじったり、手のひらに包み込んで付け根を揉んだりしてくれた。

そして鉄夫の高まりに合わせ、スポスポとリズミカルな前後運動を早めていった。

「ああっ……、い、いくよ……」

鉄夫は口走り、同時に電撃のような快感に貫かれていた。

激しい快感とともに、熱いザーメンが勢いよく、美少女の喉の奥に向かってほとばしった。

「ンンッ……」

由佳は口を離さず、第一撃だけは受けとめてくれた。

そしてすぐに口を離し、幹をしごいてくれ、残りのザーメンを顔に受けた。

唾液混じりのザーメンが唇から滴り、顔も、ドクンドクンと脈打つザーメンにトロトロと汚された。

やがて快感も下降線をたどり、鉄夫は最後の一滴を絞り出し、力を抜いた。

「気持ちよかった?」

「うん、すごく……」

答えたものの、顔じゅうヌルヌルになった美少女の顔が痛々しく、また艶かしい。

バカなツッパリ男どもは、こんな行為が好きなのだろう。

鉄夫はバスタブから下り、まだ粘液にヌメッている由佳に唇を重ねてやった。

「ウ……ンン……」

由佳が驚いたように目を開いたが、すぐに睫毛を伏せ、舌をからめてきた。

美少女の甘酸っぱい匂いの息に、少しだけザーメンの生臭さが入り混じった。

ようやく唇を離すと、唾液とザーメンが混じって糸を引いた。

「嫌じゃないの……?」

「だって、自分が出したものじゃないか」

「でも、フェラした後のキスを嫌がる男の人って、いるわよ」

「そんなバカはキスする資格はない。僕は、自分の口がペニスに届いたら、どんなに幸せだろうかと日夜思ってるぐらいなんだから」

「そうよね。自分が飲めないものを人に飲ませるなんて最低よね」

「そうだ。だからバカな奴にやらせてやる必要なんかないんだ。自分を本当に愛してくれる奴を真面目に探すんだ」

「あーあ、またオジンに戻っちゃった。やる前に言えよなっつーの」

由佳は言い、実に楽しげに笑った。

そして顔のザーメンを洗い落とし、バスタブを出るとすぐに服を着た。

一緒にマンションを出ると、もう空はすっかり暗くなっていた。

5

「二年生の古沢をノシたんだって?」

夕食の時、修一が笑って言った。

「はあ、すいません。自重します」

「いいよ。あんな奴は少し懲らしめてやった方がいいからな」

修一は何も心配していないようだ。

しかし美沙子の方は、鉄夫の乱暴な面を危惧しているようだ。

「ダメよ、相手にしちゃ。どんなふうに根に持つ人間か分からないんだから」

「はい。もう相手にしませんから」

美沙子の前では、鉄夫も実に物分かりのよい素直な子供に戻る。

やがて修一が風呂に入るために席を離れた。

すると、急に美沙子のスイッチが切り替わったように艶かしい眼差しになった。

「溜まってるでしょうけど、我慢してね。また、近々研修でいない夜があるから」

耳元に、甘い息で囁いてくる。

鉄夫はドキリとし、由佳との湯上がりの匂いを気づかれやしないかと、気が気ではなかった。

鉄夫は童貞に戻ったように、小さくこっくりした。

「自分で処理できるでしょう？　でも、私の下着を使うのはやめてね」

美沙子が笑みを含んで囁いた。

前のことを気づいて言ったのだろうか。とにかく鉄夫は真っ赤になり、消え入りそうに肩を縮めるばかりだった。

まあ確かに、修一が出張でいない夜しか、ゆっくりとできない。

いくら早めに鉄夫が帰宅しても、修一もいつ早めに帰ってくるか分からないのだ。

「修一おじさんとは、毎晩？」

鉄夫は、気になっていたことをそっと訊ねてみた。

「ううん、全然よ。二年前、新婚の頃はそれでも週に一、二回はあったけど、半年を過ぎると月一回ぐらいになって、今では、半年に一回あるかないかよ」

「そ、そんなあ、少なすぎます。おじさんだってまだ三十代半ばだし、こんな綺麗な奥さんなのに……」

「そう思うでしょう？　もしかしたらホモなのかも」

「ま、まさか……」

「だって、柔道部の部員のことばっかり可愛がるもの。ああいう豪快なタイプって、案外多いらしいのよ」

「……」

信じられなかった。まあ、修一のホモ説は考え過ぎとしても、結婚して美女を確保してしまうと、男なんてそんなにやらなくなるものなのだろうか。

まあ、だからこそ美沙子は飢えていて、鉄夫相手にあんなに燃えたのだろう。

やがて修一が風呂から上がると、入れ代わりに鉄夫が入った。

そして湯槽に浸かりながら、東京へ来てからのことを思った。

田舎では、乏しい資料を使ってオナニーするばかりだったし、好きな女の子も近くにはいなかったから、何の発展もなかったが、それが東京へ出てきてすぐ、美人の人妻に手ほどきを受け、さらに一見清純派、実は不良に憧れている美少女とも濃厚な関係を持ってしまった。

東京とは、自分のようにどんなシャイな男でも、すぐに女性と関係が持てるところなのだろうか。

それとも、たまたま自分に女運が向いてきたのだろうか。

今後も、もっともっとドキドキする機会が巡ってくるかもしれない。

鉄夫は、それらを一つ一つクリアし、少しでも大人になってから「彼女」に会いたかった。

(彼女、この東京で元気にしているかなあ……)

鉄夫は湯槽の中で、東京に出てきた「本当の目的」のことを思った。

第三章　女子医大生の好奇心

1

「あのう、ここの学生で、山田春香《やまだはるか》さんっていますか？」

日曜日、鉄夫は都内にある女子医大を訪ねた。

この大学に、鉄夫が上京した目的、すなわち幼い頃からの憧れの女性が在籍しているはずなのだ。

春香は、鉄夫より三つ上で現在十九歳。未だ無医村である故郷に、女医として戻ってくることを約束して上京した。

鉄夫とは家が隣同士で、幼い頃から姉弟のように親しくしていたが、ちょうど一昨年、鉄夫が本格的に性欲に目覚めるのと時を同じくして春香が上京してしまったのだ。

春香は美人だし、優しくて女らしいし、鉄夫にとっては全女性の代表みたいなものだった。

だから、一般的には彼女より美人かもしれない美沙子に接しても、確かに憧れはするが、春香への思いだけは特別なものだった。

逆に、春香にふさわしい男に成長するため、鉄夫は一人でも多くの女体を体験し、大人になってから、春香に求婚したいと思っていたのだ。

それでも久しぶりに顔が見たくなり、こうして女子医大に訪ねてきてしまった。

そしてキャンパスを歩いていた手近な、どうせなら美人に声をかけて訊いてみたのだった。

「ええ、知ってるわ」

大きな大学だが、偶然、春香の知り合いだったようだ。

学生だろうが白衣姿で、メガネをかけた二十歳前後の美人が言った。

「あなたは?」

「はあ、彼女と同郷で、石部鉄夫と言います」

「まあ、固そうな名前ね。私は鹿島礼子《かしまれいこ》。春香とは入学以来ずっと仲よしだったの」

「そうですか。彼女はいますか? 僕、住まいも何も知らずに来たんだけど」

日曜なので、学内に不在ならアパートの場所だけでも訊こうと思ったのだ。

「残念だけど、春香はいないわ」

「え……？」

「早々と後期のテストを終えて、いま仲間と海外旅行中なの」

「そ、そんな……。どこへ？」

「知らないわ。ハワイだかグアムだか。でも来週には帰ると思うけど」

礼子は言いながら、あまりに意気消沈した鉄夫を哀れに思ったか、

「来て。コーヒーぐらいご馳走するわ」

先に歩き、建物の一つに入っていった。

さすがに日曜で、どこもがらんとしている。

礼子が案内したのは、学内の外れにある古い建物の、三階のさらに外れ。

部屋に入ると、会社のオフィスのようにスチール机が並び、乱雑に書類が散らばっていた。

奥に小さな部屋があり、そこにはソファーや小型テレビもあった。

「今日は誰もいないから楽にして。ミルクとお砂糖は？」

礼子が、部屋の隅にある販売機の前に立って言った。コインは入れなくても自由に

飲めるらしい。

「はあ、両方入れてください」

「春香が言ってたわ。好きな子がいるって。君のことだったのね」

「本当ですか」

鉄夫は身を乗り出した。

親同士、将来は一緒にさせようなどと冗談混じりに話していたことはあるが、鉄夫同様、春香の方も運命として受け入れているのだろうか。

「本当よ。合コンでも他の男の子にはあんまり興味がないみたい。今回の旅行も、真面目な春香には珍しいことだし、もちろん一緒に行ったのは女の子たちばかりだけど」

礼子はコーヒーの入った紙コップを二つテーブルに置き、鉄夫の向かいに座った。そして長い脚を組むと、白衣の裾が割れて、一瞬、白い下着の上にかかるパンストの縦線までが見えた。

「もう、春香としたの？」

いきなり、礼子が訊いてきた。

「い、いえ……」

「そう。他の女の子とは体験あるの？」

「あ、ありません……」

鉄夫はまた嘘をついた。

どうも最近の、積極的な女性たちは、無垢な少年を好むようだ。それだけ、男女の意識が逆転しているのかもしれない。

とにかく鉄夫は、未経験と答えた方が、いい展開になるかと期待したのだ。

もちろん誰もいない部屋に誘われたときから、鉄夫はあれこれ期待しながら空想していた。

自分からは何もしないのだから、何もなければそれで仕方がないが、ありそうな気配が少しでもあれば、期待に添う努力はするつもりだった。

「別に、春香だけ、って決めているわけじゃないでしょう？」

「ええ……、大人になるまで、いろんな経験をしておかないといけないとは思ってます……」

「そうよね。まして年下だもんね」

礼子はコーヒーをすすり、少し曇ったメガネの奥から、じっと鉄夫を見つめてきた。

目は二重の切れ長で、白衣の肩にかかる黒髪がツヤツヤと輝いていた。

一見、冷たそうな印象があるが、実際は熟れた肉体を持て余し、言いなりになる少年を弄びたくてしょうがないのではないか。

「ね、お願いがあるんだけど」

礼子がカップを置いて言った。

「少しの間、実験台になってくれない？」

「じ、実験って……」

鉄夫は驚き、期待と不安に胸の奥をゾクリと震わせた。

「まだ慣れないの、男の子の裸に。医者になるのに、いつまでもそんなことじゃ困るでしょう？　恋人なら別だけど、初対面の男の子はどうもやりにくくて」

「だ、だから……？」

「こっちへ来て。ここでもいいんだけど、やっぱり感じ出ないから」

礼子は立ち上がり、また別室へと鉄夫を招いた。

同じ階に、設備の揃った部屋があった。診療室と言うより、臨床の実技講習を行なうための部屋のようだ。

広さは高校の保健室ぐらいだが、設備は段違いである。

「脱いで。服はその籠に入れて、その台に寝るのよ」

「で、でも……」

「大丈夫。今日は絶対に誰も来ないから。それにドアもロックしたわ」

礼子が手を洗いながら言い、鉄夫はようやく決心して、ノロノロと服を脱ぎはじめた。

室内は適度に暖房が効いて寒くはないが、それでも今までの密室とはわけが違い、銀色に光る医療器具に、何やら興奮とは別の、恐ろしいような心細いような気分になってきてしまった。

「それもよ、脱いで」

鉄夫が最後の一枚をためらっていると、礼子が手を拭きながら言った。

やがて鉄夫は観念してブリーフを脱ぎ、恐る恐る診察台に横になった。

まだペニスは不安に縮こまっていた。

近づいた礼子が、横たわった鉄夫の全身を見まわし、手を伸ばしてきた。

2

「すごい、健康そうな身体ね」

「はあ、病気したことはあまりありません」

小柄だが、割に筋肉質である。

礼子は、柔らかな、少し冷たい手のひらで鉄夫の胸から腹を撫ぜ回してきた。

「この中、どうなってるのかしら。切ってみたいわあ」

「うわ、勘弁してください……」

礼子が、あまりにうっとりと言い、キラキラと目を輝かせるので、鉄夫は思わず震え上がってしまった。

やがて礼子は腹を押したり撫ぜたりしながら、いよいよ鉄夫の股間に指を伸ばしてきた。

「可愛い。どうして縮んでるの？　私が恐い？」

礼子が、そっと指先でつまみながら言った。

「ちょっとだけ……」

「そう。恐くないのよ。ほおら、痛くないでしょう？」

礼子は幹をモミモミし、何度か、ペニスの変化と鉄夫の表情を見比べた。

しかし礼子の方は、頰を上気させ、メガネの奥の目は輝きを増すばかり。呼吸も弾みがちで、やはり自分で言うとおり、男の裸に接したせいで普通の状態ではなくなっているようだった。

これでは患者は不安になるやら興奮するやらで大変だろうが、今ここで鉄夫が彼女の行く末を心配しても仕方がない。もうこのまま、興奮する世界へのめり込むしかなかった。

さらに礼子は、ようやく温かく汗ばんできた手のひらで陰嚢を包み込み、付け根をキュッキュッと指先で揉んできた。

「ああっ……！」

白衣美人の熱い視線と、微妙なタッチの愛撫を受けて、とうとう鉄夫は声を洩らし、ムクムクと勃起してきてしまった。

「立ってきたわ。すごい勢い……」

礼子は近々と顔を寄せ、勃起のメカニズムを観察するように目を凝らして言った。

さらに幹をモミモミし、硬度を確かめるように指を這わせた。

「すごいわ。もう亀頭はカチンカチンよ。とっても綺麗な色」

礼子は囁くように言い、興奮に縮こまる陰嚢や、蠢《うごめ》く睾丸の具合も触れて確かめていた。

「本当、ちゃんと縫い目があるわ。不思議ね……」

礼子は陰嚢を見つめて言い、さらに持ち上げて肛門の方まで覗き込んできた。

彼氏との体験がないわけではなかろうが、やはりそのときは受け身になってしまい、こんなふうに実験台にしてじっくりと観察したことはなかったのだろう。

「ね、両足を上げて、抱え込んで、そう……」

礼子に言われ、鉄夫はオシメでも替えるような体勢になり、両手で脚を抱えた。すぐ、彼女がお尻を覗き込んでくる。

ライトを当てられ、何とも言えない恥ずかしさが鉄夫をゾクゾクと興奮させた。

礼子は指サックをはめ、ローションをつけて鉄夫の肛門に触れてきた。

「あう……」

ひんやりしたものがヌルヌルと触れ、鉄夫はキュッと肛門を締めて声を洩らした。

「じっとして。もっと力を抜くのよ」

「な、何をするの……」

「指を入れて、前立腺を確かめるの」

言いながら礼子はヌルヌルと揉みほぐし、やがてサックをはめた指先を強く押し当ててきた。

「くっ……！」

異物感と痛みがあり、鉄夫は息を詰めて呻いた。

「ダメよ、もっとリラックスして」

言われても、そう簡単に力は抜けない。肛門を塞がれただけで、呼吸まで止まってしまうようだった。

礼子は容赦なく、ローションのヌメリに合わせてズブズブと押し込み、鉄夫の処女の部分を深々と犯してしまった。

そして内部の天井をキュッキュッと圧迫してくる。

「ここ、気持ちいい?」

「い、いえ……、痛いから、もうやめて……」

「変ねえ。前立腺を刺激すると、射精するはずなのに」

礼子は小首をかしげながら、内部のあちこちを、キュッキュッと指の腹で刺激してきた。

「い、いたたたた……」

鉄夫は異物感にクネクネともがいた。

「ダメね、やっぱり個人差があるのかしら……」

ようやく礼子は肛門から指を抜いてくれた。ヌルッと引き抜かれる瞬間だけ、何かゾクッとするような妖しい感覚はあったが、もう二度と入れられるのはゴメンだと思った。

それでも初めての行為に、ペニスだけは萎えずに屹立したままだった。

礼子は指サックを捨て、すぐにまたペニスを握ってきた。

尿道口から、うっすらと粘液が滲みはじめている。

「これがカウパー腺液ね……」

礼子は囁き、もう片方の指でそっと先端に触れ、粘つきやヌラつき、匂いなどを確かめた。

「出そう?」

「そ、そのまま優しくしてくれるなら……」

「そう、いいわ。じゃ、出るとこ見せてね」

礼子は、本格的に握りしめ、ぎこちなく上下させてきた。強くするばかりで痛く、ちっとも気持ちよくない。

「これじゃダメみたいね……。いいわ、少しだけ特別に……」

礼子は、そっと屈み込んできた。

そして近々とペニスに鼻を寄せて嗅いだが、別に不潔な匂いもしないので安心したようだ。

「清潔にしているのね。感心だわ」

礼子は褒めてくれたが、実は今日、もしかして春香と再会することができ、そのまま彼女の住まいへ行ってセックスできるかと期待して、体をすっかり綺麗に洗ってきていたのだった。

礼子は舌を伸ばし、チロッと亀頭を舐めた。

顔を離してひと息つき、また近づいて、今度は粘液の滲む尿道口をヌラヌラと舐め回してきた。

亀頭が唾液にまみれると、そのまま礼子は真上からスッポリと含み込んできた。

喉の奥まで呑み込み、口の中をキュッと締め付けてくる。

「ああっ……」

あまりの気持ちよさに思わず鉄夫が喘ぐと、礼子は満足げに熱い息を洩らして彼の恥毛をくすぐってきた。

礼子の口の中は温かく、丸く締め付ける唇と内部で蠢く舌が最高だった。

さらに舌の表面がペニスの裏側を摩擦し、舌鼓《したつづみ》でも打つように奥へ奥へと吸い込んできた。

指は陰嚢を弄《もてあそ》び、今度は強くチューッと吸いながらスポンと引き抜き、それを繰り返してきた。

観察や愛撫するときの指はぎこちなかったが、唇と舌の使い方は何とも艶かしく、素晴らしいテクニックだった。

「出そう？　口に出したらダメよ」

鉄夫の高まりを察し、礼子は口を離してしまった。

そして、なおも唾液に濡れたペニスをニギニギと指で動かしている。

今にも昇りつめそうだったフェラ快感が、また指に戻って遠のいてしまった。

「そ、それなら、せめてこっちに……」

「なに？　どうすればいいの？」

礼子は揉みながら、言うとおりにしてくれた。

診察台に上って添い寝して、そのままあいた腕で腕枕してくれた。鉄夫の、最も好きな体勢だった。

「こういうのがいいの？　そうか、年上好みだったから、甘えたいのね」

「うん……」

鉄夫はペニスを揉んでもらいながら、礼子の白衣の胸や腋の下に顔を埋めてみた。

消毒液臭いかと思ったら、意外にも、実に濃厚な甘ったるい汗の匂いとフェロモンがタップリと感じられたのだ。

朝からずっと動き回り、白衣にまですっかり汗が染みていたのだろう。

さらに、すぐ上には礼子の美しい顔があった。

視線は、じっと鉄夫の股間に注いだまま、ペニスをモミモミしながら息を弾ませている。

うっすらと赤い口紅の塗られた唇がわずかに開き、ヌラリと光沢のある白い歯が覗いていた。その隙間から、生暖かく湿り気のある、何ともかぐわしい息が吐き出されていた。

ペニスを揉まれ、美女の汗や吐息の匂いが感じられれば、もう鉄夫はフィニッシュまであとわずかだった。

「い、いきそう……、もっと……」

「もっとどうしてほしいの？　キスしたいの？　いいわ」

礼子は指の動きを休めずに、上からピッタリと唇を重ねてきてくれた。

すぐに舌が伸びてヌルッと侵入し、鉄夫も、心ゆくまで美人の舌を舐めることができた。

トロリとした唾液は生温かく、甘かった。

甘い吐息の匂いに、さらに唾液の匂いも入り混じり、とうとう鉄夫は激しい快感に全身を貫かれてしまった。

「あう……、いく……！」

唇を離して口走ると同時に、ペニスが礼子の手のひらの中でヒクヒクと脈打った。

「出てるわ。すごい勢い……」

礼子も、熱いザーメンで指をヌメらせ、なおもいじり続け、ドクドクと噴出する様子を眺めた。

鉄夫も指で弄ばれながら、礼子の胸に顔を埋めた。そして甘ったるいミルクのような体臭を嗅ぎながら、最後の一滴まで絞り出した。

3

「ね、もちろんまだできるわよね？　もう少し、時間はある？」

礼子は手を洗い、鉄夫の下腹部に飛んだザーメンを濡れナプキンで拭いながら、言った。

「え、ええ……、大丈夫だけど……」

鉄夫も、まだまだ物足りなかった。快感のなかで射精したといっても、まだ指でいじられ、フェラされ、キスしただけであり、彼女のオッパイもアソコも見てさえいないのである。

「私の、見たい？」

礼子は、実に艶かしい眼差しで言った。自分の言葉に羞恥を煽られ、どんどん興奮が高まっているようだ。

「うん」

鉄夫は素直に、力強く頷いた。

「何だか、お医者さんごっこみたいで楽しいわね」

礼子は、秘密を共有するように囁きかけ、自分で診察台に仰向けになった。

「いいわ、好きなようにして……」

言われて、鉄夫はまず白衣の胸を開いた。奥のブラウスもホックを外すと、礼子が自らブラのホックも外してくれた。

ブラがゆるみ、形良いオッパイが露出してきた。

美沙子ほどではないが、まずまずの大きさである。乳首も乳輪も大きめだが、色素は淡く初々しい感じだった。

片方を含んで吸うと、

「ああん……」

礼子はすぐに喘ぎ、白衣の内に籠もった匂いを甘ったるく揺らめかせた。

鉄夫はもう片方をモミモミしながら、すっかりコリコリと硬くなった乳首を舌で転がし、唇に挟んで引っ張り、軽く小刻みに嚙んで愛撫した。

「いい気持ち……、こっちも……」

礼子は鉄夫の顔を押しやり、もう片方の乳首を含ませた。

そちらもツンと勃起し、強く吸うたび、礼子の肌がビクッと震え、生ぬるく悩ましい体臭がユラユラと漂って鼻腔を刺激してきた。

やがて両の乳首を交互に吸い、充分に愛撫してから、鉄夫は乱れた白衣の中に顔を潜り込ませていき、ジットリと汗ばんだ腋の下に鼻を押しつけていった。

そこには何と、実に色っぽい腋毛が煙っていた。

医学部の学生ともなると忙しく、デートの暇もなく、夏場ならともかく今の季節は、腋の手入れも怠りがちなのだろう。

鉄夫には、それは新鮮で艶かしい眺めだった。

鼻を埋めると、恥毛に似た柔らかな肌触りがあり、濃厚な汗の匂いがタップリと染み込んでいた。

ミルクをさらに濃く、毒々しいほどに甘ったるくしたようなフェロモンだ。

思いきり深呼吸すると、鼻腔の奥から脳天にまで響いてくるような、何とも言えないナマの匂いだ。

鉄夫はうっとりと嗅ぎ、舌を這わせた。

「ああっ、バカね、汗臭いでしょう……」

「ううん、とってもいい匂い」

「嘘……、こんな匂いが好きなの……？」

礼子は激しい羞恥にクネクネと身悶え、喘ぎながら鉄夫の髪を撫でていた。

鉄夫は腋の窪みを舐め回し、もう片方の腋の下にも潜り込んで、心ゆくまで汗の匂いを嗅ぎ、舌を這わせた。

ようやく身を起こし、今度は礼子の脚の方へと移動していった。

パンストに包まれた爪先に鼻を当てると、やはり濃厚な匂いが感じられた。

由佳の体育の授業のあった日の匂いより、もっと悩ましい匂いだ。きっと礼子は汗っかきなのだろう。

汗と脂の交じった匂いを嗅ぎ、湿った爪先に鼻をこすりつけた。

そして両方ともそうしてから、白衣の裾をめくって、まずはパンストを脱がせていった。

途中から礼子が自分でお尻を浮かせて脱ぎ、やがて薄皮をむくように白く滑らかな脚が露わになった。

透けるように色白で、まるでつきたてのお餅のように弾力に満ちている。

ところどころ、薄紫の静脈が透けて見え、何とも色っぽい脚だった。

鉄夫は、由佳のときと同様、素足の爪先に鼻を当てて嗅ぎ、足の裏から指の股まで舌を這わせていった。

「あん！　そ、そんなとこ、汚いからダメ……」

礼子は言ったが、決して拒もうとはしなかった。

鉄夫は両足とも舐め、全ての指の股をしゃぶった。しょっぱい味も匂いも、激しく鉄夫を興奮させ、やがてスベスベの脚をゆっくりと舐め上げていった。

もう一度白衣をめくり、ベージュのショーツを引き下ろし、両足首からスッポリと抜き取る。

そして礼子に見られないよう、そっとショーツの裏側に鼻を押し当ててしまった。

腋の下に似た濃厚な体臭が籠もっていたが、それよりも、中心部がベットリと愛液に濡れていて鉄夫は驚いた。

すぐにショーツを置き、礼子の両足を開かせ、中央に顔を進めていった。

「あぁッ……！」

顔が近づいただけで、礼子は声を上げ、ビクッと内腿を震わせた。

「ね、説明して」

鉄夫が無垢を装って言ったが、

「ダメ、わかるでしょう？　見るだけじゃなく、して……」

礼子は声を上ずらせ、激しく喘ぎながら答えた。

「でも、最初はジックリ見ておかないと」

鉄夫は、すっかり優位に立って言い、そっと指を当てて陰唇を広げた。

恥毛は、やはり情熱的に濃い方だった。色白で清楚な美人顔からは想像もできない硬そうな毛で、丘ばかりでなくワレメ左右から肛門のまわりにまで続いている感じだった。

大きく開かれた陰唇は張りがあり、内側はやや赤みがかったサーモンピンク。

奥の方に、細かな襞に囲まれた膣口が息づき、その周辺にはザーメンに似た白っぽい粘液の固まりがまつわりついていた。

割に陰唇が大きめなのか、内部の面積が広く、ポツンとした尿道口のありかもハッキリと分かった。

クリトリスも大きめの真珠大で、綺麗な光沢を見せて、包皮を押し上げるように勃起していた。

これでワレメを見るのは三人目だが、みんなそれぞれ違うのだなと実感した。

それでも、どれも艶かしく、興奮をそそる形状をしていた。

ムッチリとした内腿の間には、やはり熱気と湿り気が渦巻き、鉄夫はお姉さんのフェロモンに誘われるように顔を埋め込んでいった。

恥毛に鼻をうずめると、濃厚な体臭が鼻腔に満ちてきた。

同じ恥毛でも、上の方よりワレメに近い下の方に、濃い性臭がタップリと籠もっていた。

鉄夫は鼻をクンクン言わせて恥毛の隅々まで嗅ざ、やがてワレメ内部に舌を這わせていった。

「ああッ……、き、気持ちいいッ……！」

礼子が声を上げ、放さないとでもいわんばかりにギュッと内腿で彼の顔を締め付けてきた。

4

膣口周辺でベットリと粘つく愛液は、やはり淡い酸味が含まれていた。

襞をかき分けるように舌を潜り込ませ、少しでも奥を舐めようと口を押しつけた。

そして大量の愛液をすくい取り、甘ったるい匂いを吸い込みながら、ゆっくりとクリトリスまで舐め上げていった。

「くっ……、そこ、感じる……」

礼子が、ビクッと腰を跳ね上げて言った。

舌先でクリトリスを小刻みに舐めると、礼子の下半身がヒクヒクと震えた。この小さな突起が、全身につながっているかのようだった。

鉄夫はクリトリスを刺激しては、ワレメ内部に溜まった粘液をすすり、さらに彼女の両足を抱え上げた。

指で谷間をムッチリと広げ、奥でキュッと引き締まっているピンクのツボミにも鼻を押し当てた。

うっすらと汗の匂いが感じられ、やがて可憐な襞に舌を這わせた。

「あう！　そ、そんなとこ、いいの……」

「じっとして。僕だって指を入れられたんだから」

鉄夫は言い、執拗に舐め回し、襞を唾液でヌルヌルにしてから、舌先をヌルッと内部に押し込んでみた。

「う……」

礼子が呻き、キュッと舌を締め付けてきた。

鉄夫はヌメリある内壁をクチュクチュと味わい、時には舌を出し入れした。

「ああん……、なんか、変な感じ……」

礼子は、羞恥と違和感に声を震わせ、浮かせた脚をガクガクさせた。人のをいじるのは大丈夫らしいが、肛門を刺激されるのは初めてなのかもしれない。

なおもしつこく舐めていると、ワレメから白っぽい愛液が溢れ、肛門の方にまで伝い流れてきた。

鉄夫はそのまま、自分がされたように、唾液にヌメった彼女の肛門に、浅く指を押し込んでしまった。

「あう！　ダメ……」

礼子は驚いたように口走り、キュッと彼の指を締めつけた。

鉄夫は構わず内部で指を動かしながら、再びクリトリスを舐めた。

「アアッ……！　も、もうたまらないわ。お願い、入れて……！」

礼子が何度も顔をのけぞらせて口走り、鉄夫も肛門から指を抜き、ゆっくりと身を起こしていった。

もちろん、ペニスの方はすっかり回復し、いつでも準備は整っていた。

しかも肛門に入れていた指を嗅ぎ、そのほのかな刺激臭に、さらに激しく勃起してきた。

「指、匂いついちゃった」

「あん！　バカ……」

礼子は羞恥に頬を染め、いよいよ興奮を高めてきたようだ。

やがて、ようやく鉄夫は彼女にのしかかっていった。

「大丈夫？　わかる？　慌てないで、なるべく長く保たせるのよ」

鉄夫を童貞と思っている礼子は、少しでも入れやすいように腰を浮かせ、角度を合わせてくれた。

鉄夫は少し迷ったふりをしながら先端をワレメに押し当て、感触を味わいながらゆっくりと挿入していった。

強ばりは、実にスムーズにヌルヌルッと根元まで呑み込まれ、鉄夫はうっとりと礼子に身を重ねた。

「あう！　すごい、太いわ……」

礼子は、上気した顔をのけぞらせて喘ぎ、すぐに下から両手を回してしがみついてきた。

鉄夫の下で柔らかなオッパイが弾み、深々と入ったペニスは熱くヌメッた柔肉にキュッと締め付けられた。礼子はジックリ味わう余裕もないのか、すぐにガクガクと股間を突き上げて悶えはじめた。

「ああっ、なんていいの！　最高よ。突いて、うんと奥まで！」

上ずった声で口走りながら、鉄夫を乗せたまま何度もビクッと身を反らせた。

激しく喘ぐ礼子が、たまに息を詰めると、膣内もキュッと心地よく締まった。

心地よいのは入口周辺の収縮ばかりではなく、奥の方も、柔襞全体がペニスに吸い付き、まるで無数の舌が舐め回してくるかのように、ヌラヌラと刺激してくれていた。

一度発射していなかったら、その感触だけで鉄夫は果てていただろう。

それを辛うじてこらえ、鉄夫は少しずつ股間を突き動かしはじめた。

大量の愛液が摩擦されてクチュクチュ鳴り、深く突き入れるたびに、

「あうーっ……！」

礼子は喉の奥から声を絞り出し、鉄夫は誰かが来るのではないかと心配になったほどだった。

律動は次第にリズミカルになり、はては鉄夫も激しく股間をぶつけるようにピストン運動を始めた。

揺れる陰囊が肌にぶつかる音がし、それでも危うくいきそうになると、鉄夫は動きをゆるめて、屈み込んで乳首を吸ったり、伸び上がって唇を求めたりして気をそらせ、また動きだしたりした。

さんざん喘いでいる礼子の舌は乾き、ひんやりとしていた。

そのうち、やや甘い匂いが濃くなった吐息を感じて、もう鉄夫の方も我慢できなくなってきた。

礼子の方は、少年を食いながら何度かすでに、小さなオルガスムスの波が押し寄せているようで、ジワジワと最後の大波が迫ってきている様子だった。

鉄夫も本格的に勢いよく動き、フィニッシュに突き進んでいった。

「あああ、すごいわ、いきそう……、もっと……、アアッ……！」

礼子が全身を震わせ、ヒクヒクと股間を突き上げはじめた。

膣内の収縮も最高潮になり、とうとう鉄夫も最高の快感の怒濤に包み込まれ、そのまま巻き込まれていってしまった。

熱いザーメンがドクンドクンと発射され、それが子宮の入口を直撃すると、

「い、いくッ……、アアーッ……！」

礼子も口走り、快感の高波にさらわれていったようだ。

同時に礼子の身体はガクンガクンと跳ね上がり、鉄夫は射精しながら、必死にしがみついていた。

ひょっとすると鉄夫は、天性のセックスの巧さを持っていたのかもしれない。

これで三人目だが、辛うじてオルガスムスは一致させているし、相手の高まりも手に取るように分かってきたのだ。

まあ、一度目を放出しているから保てるのだろうが、こうして回を重ねるごとに急成長していくのなら、もう、いつ春香に出会っても失望させることはないだろうと鉄夫は思った。

最愛の春香よりどうしても三つ年下だから、なおさら鉄夫は背伸びし、子供扱いされないよう努力しようと思うのだった。

ようやく最後の一滴を絞り出し、鉄夫は動きを止めた。

少し遅れて、ブリッジするように反り返っていた礼子も、徐々に力を抜き、グッタリとなった。

しばし体重を預け、鉄夫は余韻に浸った。

まだ根元まで納まっているペニスを、思い出したように膣内がキュッと締まってダメ押しの快感を与えてくれた。

「すっごくよかったわ。こんなに本格的にいったの、久しぶりよ。初めてにしては上手すぎるわ」

「そう……」

「ほら、まだ硬いもの……」

礼子は、膣内を収縮させながら、強ばりを確かめた。

まだ何とか勃起しているが、それでも二度の射精で満足し、ゆっくりと萎えていくことだろう。ただ鉄夫の場合、射精直後の勃起状態が少しだけ、人より長いだけだった。

そして礼子の締まりも、ペニスを離さぬかのように長く続いた。

5

礼子はトイレに行ってビデを使い、また診察台に戻ってからも、いろいろ鉄夫に教えてくれた。

他人の肉体を見たり切り開いたりしたいという願望とともに、自分の恥ずかしい部分を見られたいという気持ちもあるのだろうか。礼子は、室内にある器具を使って、身体の奥の奥まで見せてくれた。

婦人科で使用する膣鏡、クチバシ型のクスコを膣に挿入して、鉄夫に内部を開かせてくれた。

「上下に開いて。子宮と膀胱を押し広げるように……」

礼子が、喘ぎを押さえるように息を詰めて言う。

鉄夫も、初めての体験にドキドキしながらクスコを開いていった。

確かに、膣内は上下に締まるので、内部も上下に開くのだという理屈は分かった。

銀色のクチバシが内部で開き、ライトを当てると、何ともヌメヌメと光沢のある、美しくも艶かしい柔肉と粘膜が余すところなく覗き込めた。

「……」

　鉄夫は、思わずゴクリと生唾を呑んだ。

　お肉は奥の方まで、透けるような綺麗なピンクだ。

　下の方には、早くも新たな愛液が乳白色に粘つきはじめている。

　ライトにより、それまで目立たなかった尿道口までハッキリと見え、クリトリスや包皮の形状の隅々まで観察できた。

「み、見える……？」

「うん。すごく綺麗だよ。いちばん奥まで丸見えになってる」

「ああ、もっと覗いて。子宮の入口まで見える？」

「見えるよ。たぶん、奥の方の上にある、丸い出っ張り？」

「ああッ……。何だか、また変な気持ちに……」

　礼子は声を上ずらせ、大股開きになりながらヒクヒクと内腿を震わせた。

　白っぽい粘液はどんどん下の方に溜まっていき、今にも溢れそうになってきた。

「これは？」

　と、鉄夫は膣に入っているクチバシより、もっと細いものを見つけて訊いた。

「そ、それは、使わなくていいわ……」

「分かった。お尻の穴用だね、これは」

「ダメよ、使わないで……」

「少しだけ。だって、僕のお尻にだって指を入れたじゃないか」

鉄夫はクスコを閉じて膣から引き抜き、今度は礼子の肛門にローションを塗った。

そして中心に細めの肛門鏡を押し当て、角度に気をつけながらゆっくりと挿入していった。

「あうう……、冷たい……、やっぱり、やめて……」

「もっと脚を上げて、ちゃんと抱えて」

「は、恥ずかしい……、こんなの……」

礼子はガクガクと浮かせた脚を震わせ、泣きそうな声を上げた。やはり、先ほどの、浅く入れた指とは感覚も羞恥も比べものにならないようだった。

しかし興奮は最高潮らしく、クスコを抜かれたワレメから、とうとう大量の白い愛液を溢れさせた。

鉄夫は肛門鏡を押し込みながら、ワレメに口をつけ、湧き出した粘液を舐め取ってやった。

「あん……！」

礼子はビクッと震え、声を洩らした。

本来なら肛門をキュッと引き締めるところだろうが、今は異物が深々と潜り込みはじめているので不可能だ。

愛液は酸味が濃く、はみ出して広がった陰唇も、すっかり興奮に充血していた。

やがて肛門鏡は深く潜り込み、鉄夫は把手のネジを回していった。これは別に、左右に開いても構わないだろう。

「あ……、ああっ……」

直腸が開かれていくと、礼子が脂汗を滲ませて喘いだ。

さすがに、膣を開くのとは全然違った感覚らしい。

入口周辺の細かな襞がピンと伸びきり、血の気を失って光沢を放った。

やがてライトに照らされ、内部が見えてきた。

中は膣よりもずっと濃く、赤っぽい内壁だった。そして膣内ほどのヒダヒダはなくて、むしろヌルッとして滑らかな感じだ。

「な、中、汚れてない……?」

礼子は気になっていたことを、ようやく口にした。

「大丈夫。本当は、もっと汚れてるかと思ったけど、こんなに綺麗だとは思わなかったよ」

　鉄夫も、正直な感想を洩らした。

　大きく開かれた内壁は、まるで洗浄した後のように汚れの付着はなく、実に人間の排泄器官はスムーズに働いているものだなと感心したぐらいだ。

「み、見たのなら、もういいでしょう……？」

「待ってね。開いてるときの匂い嗅がせて」

「ああッ！　ダメ……！」

　礼子は言ったが、鉄夫は遠慮なく顔を寄せ、大きく開かれたホールに鼻を当てて嗅いでしまった。

　それでも、意外なほど生々しい刺激臭は少なく、むしろワレメの熱気と匂いの方がハッキリ分かるぐらい強烈だった。

　それにしても、肛門もこんなに開くなら、以前雑誌で読んだことのあるアナルセックスも充分に可能なんだなと鉄夫は思った。

　そして、さらに指を差し入れて内壁に触れてみたりしてから、ようやく鉄夫は肛門鏡を閉じ、ゆっくりヌルヌルッと引き抜いてやった。

「ああ……」

完全に引き抜かれると、礼子はようやくほっとしたようだった。

「いじわるね。死ぬほど恥ずかしかったのに……」

「でも、こんなに濡れてるよ。ほら」

「あぁっ！」

再び屈み込み、ヌレヌレのワレメを舐めると、礼子は、本格的に喘ぎはじめてしまった。

「お、お願いよ。もう一度、いかせて……」

礼子が口走り、鉄夫も激しく舐めはじめた。

しかも、まだローションのヌメリの残っている肛門に、左手の人差し指をズブズブと押し込み、右手の人差し指を、ヌルヌルの膣口に入れて天井の膨らみをこすり、さらに舌でクリトリスを攻めた。

少々両手が痺れるが、この三点攻めに礼子は急激に高まってきたようだ。

さっきの激しいオルガスムスもまだくすぶっているし、それに器具を使った羞恥の連続で、すっかり昇りつめやすくなっているのだろう。

膣に入れている指を伝い、大量の愛液が手のひらから手首の方までをベットリとヌメらせてきた。

肛門に入った指も、痺れるほどきつくキュッキュッと締め上げられ、さらに激しく股間が跳ね上がるため、離れぬように口をクリトリスにつけているのがかなり困難になってきた。

それでも必死に舐めながら目を上げると、礼子は喘ぎながらヒクヒクとのけぞり、自ら両の乳房を揉みしだき、指で勃起した乳首をつまんで引っ張ったり、ひねったりしていた。

「あ……、い、いく……!」

やがて礼子が口走り、同時にガクンガクンと全身を激しく揺すって、狂おしく悶えた。

「アアーッ……、し、死ぬう……!」

声を絞り出し、診察台をギシギシ言わせて痙攣した。

そして最絶頂を過ぎると、もう敏感な部分への刺激がうるさくなってきたか、必死に鉄夫の顔を股間から突き放してきた。

ようやく鉄夫も顔を上げ、膣からヌルッと指を抜き、さらに肛門からも、ゆっくりと指を引き抜いていった。

「あうう……」

最後の刺激に、余韻に浸りはじめた礼子が、またビクッと反応した。

左手の人差し指を嗅ぐと、ほのかな刺激臭があり、また鉄夫の方もムラムラと妖しい気分になってきてしまった。

しかし、そろそろ外も暗くなりはじめている。

まあ、二回も充分な快感を得られたのだからいいだろう。

鉄夫は流しを借り、手を洗ってから身繕いした。

礼子もノロノロと身を起こし、診察台の端に座って、乱れた髪をかき上げた。

「春香には内緒よ……」

「ええ、もちろん」

「旅行から帰ってきたら、必ず連絡してあげる」

礼子は、まだとろんとした眼差しで言い、鉄夫も連絡先のメモを置いて部屋を出てきた。

第四章　同性の蠢く指

1

「ね、古沢がヤな目で見てるわ。気をつけた方がいいわよ」

下校途中、鉄夫に追いついた桂木由佳が並んで歩きながら言った。

まあ、こうして由佳が鉄夫と親しげにしているから、不良の古沢浩士《ひろし》もよけいに根に持つのだろう。

「いいよ、別に。田舎で野犬に狙われたときほど恐くはない」

「へえ、野犬に付け狙われたの。それで？　殺したの？」

「いや、今は分校で、みんなで飼ってる」

それを聞いて、由佳は笑いだした。

「それならいいけど、古沢は簡単に仲良くなりそうもないわよ」

「別に、仲良くなりたくはないよ」

「かといって、殺すわけにもいかないしね」

由佳は、他人事のように言ってクスクス笑った。

「とにかく、気をつけてね。それで、今日はお願いがあるんだけど」

「なに」

「また来て」

由佳は鉄夫の手を引き、勉強部屋と称している、例のワンルームマンションに向かった。

「お願いって……」

鉄夫は歩きながら訊いた。

「うん、実は後輩なんだけど、一年生の女の子が、どうしても体験したいって言うから」

「そんなこと、それこそ、どうでもいい不良に頼めばいいじゃないか」

「ダメよ。どいつもこいつも自分本位で、君ほど丁寧じゃないもの」

「でも、感心しないな。高一にもなって処女が恥ずかしいとか、そんな好奇心や見栄だけで体験したがるなんて」

「ひと目見れば、その気になるって。ものすごい美少女なんだから」

「そういう問題じゃない」

「それだけじゃないの。実は、ひそかに君に憧れてるらしいの」

由佳が、同い年とは思えない、実に色っぽい流し目で言った。

そう言われても、鉄夫は特に校内で目立つことなどした覚えはない。勉強も運動もまあまあだが、まだテストも受けていないし、体育祭もない時期だ。

まあ古沢をやっつけたことぐらいだが、そんなことだけで、退屈そうな都会の高校生にとっては大ニュースなのだろうか。

「君しかいないって心に決めてる子なんだから、もし断わったら、それこそヤケになって下らない奴にやらせちゃうわよ」

由佳に言われたが、そのうちマンションに着いてしまった。

と、ドアの前で、ずっと由佳が来るのを待っていたのだろう。一人の、確かにセーラー服の美少女がぽつんと心細げに立っていた。

「もう来てたの。さあ入って」

由佳が鍵を開けると、美少女は、小さく鉄夫に会釈して中に入った。

三月生まれなので、まだ十五歳。名は、安川桃枝《やすかわももえ》と言った。

初めて見る子だ。

性格によるものか、一見地味で目立たないタイプのようだが、実に愛くるしい顔立ちをしている。

部屋に入ると由佳の匂いがし、彼女がドアを内側からロックすると、鉄夫もスイッチが入ったように、少しずつゾクゾクと興奮してきてしまった。

確かに、とびきりの美少女だ。

由佳も美少女だが、彼女は徐々に大人の魅力を身につけはじめている。

その点、桃枝は、まだ未成熟の、その名のとおり瑞々しい水蜜桃のようだった。前髪は愛らしい眉を隠し、睫毛の長いつぶらな瞳が、羞かしげにたまにチラッと鉄夫を見上げてくる。

セーラー服の胸は、まだそれほど大きくはないが、濃紺のスカートから伸びる脚は健康そうに、ムッチリと肉づきが良かった。

もちろん申し分ないし、彼女の方で望むのなら、何だってしてやりたい気分になってきた。

由佳が暖房をつけると、二人の匂いが急に強調されたように漂ってきた。

「それで、一つ条件があるの」

由佳が言う。

「なんだい？」

「二人きりじゃなくて、あたしもここにいないと心細いんだって」

「ああ、別にいいよ」

むしろ鉄夫は、ひょっとして美少女二人を相手にできるような期待に、すっかりムクムクと勃起してきてしまった。

「さあ、彼の方はＯＫだって。桃枝も脱ぎなさい」

由佳が、そっと桃枝をベッドに誘い、スカーフに手を伸ばすと、

「恥ずかしい……」

桃枝は甘えるように由佳にしなだれかかった。

「……？」

鉄夫は怪訝に思った。

どうも、由佳に対する桃枝の態度や様子が、単なる先輩と後輩の関係とは違うように思えたのだ。

それを察したように由佳が、桃枝のスカーフを解きながら言った。

「最初に言っておくけど、この子はまったくウブなわけじゃないの。舐められてイクぐらいの体験は何度もしているから」

「相手は？」

「あたしよ」

「……」

鉄夫は目を丸くし、すっかり羞かしげに顔を伏せている桃枝を見た。

二人はレズだったのだ。

まあ、ハードなレズというより、エス、つまりシスター関係で、最初はキスする程度だったのだろう。それが好奇心から徐々にエスカレートし、お互いにクンニリングスするような仲になったようだった。

そう見れば、確かに由佳はお姉さんタイプで同性の下級生に人気がありそうだし、桃枝の方は実に保護欲をそそるお人形のようだ。

そのうちに桃枝も快感を知るようになり、そろそろ男への好奇心も湧いてきて、由佳だって本格的なレズではないから、桃枝のそうした衝動を理解し、男を与え、本当の悦びを教えようとしたのだろう。

それで桃枝に、校内で最もタイプの男を訊いてみると、この鉄夫だった、というわけだ。

桃枝は、ただ鉄夫にセックスされるのではなく、由佳も参加してくれれば心細くないし、由佳もまた、倍の快感が得られるかと考えて協力したようだった。

「へえ……」

「どう？　興味湧いてきたでしょう？」

「うん。最初は少し見てみたいな。二人で、いつものようにしてみて。僕は途中から参加するから」

「いいわ」

由佳は頷き、お互いセーラー服姿のままベッドの上で抱き合い、桃枝を仰向けに押し倒していった。

唇が重なり、すぐに舌が潜り込んだようだ。

「ウ……ンン……」

桃枝が微かに眉をひそめ、小さく声を洩らした。

由佳は貪るように、桃枝の口の中を隅々まで舐め回し、セーラー服の胸に手のひらを這わせていった。

美少女同士の熱い息が入り混じり、可憐な唇がピッタリと密着し、たまに顔を動かすたびにこすれ合った。

やがて由佳は巧みに桃枝の胸元をくつろげ、ホックを外してブラをゆるめた。

そして隙間からはみ出した可愛らしいオッパイをモミモミしながら、長い長い女同士のディープキスを続けた。

ようやく唇が離れ、唾液が細く淫らに糸を引いた。

由佳は顔を離さず、そのまま桃枝の上気した頬にキスし、さらに鼻の頭から瞼、耳にまで舌を這わせていった。

「あ……、あん……」

桃枝はか細い声を洩らしながら、次第にハアハアと息を弾ませていった。

うっとりと目を閉じ、次第に鉄夫の存在から彼との目的まで忘れたのではないかと思えるほど、女同士のドキドキする行為にのめり込んでいくように見えた。

由佳は桃枝の、産毛の輝く首筋を舐め下り、ようやく、ピンク色の初々しい乳首をチュッと含んだ。

「あん！」

桃枝がビクッと震えて声を洩らし、見ていた鉄夫も痛いほど股間が突っ張ってきてしまった。

2

「さあ、脚を上げて……」

両の乳首を吸ってから、由佳は桃枝の濃紺のスカートをめくりながら言った。

桃枝の乳首は唾液に濡れて光沢を放ち、ツンと突き立っているのがよく分かった。

「は、恥ずかしい……」

下着に手をかけられて、ようやく桃枝は鉄夫の存在を思い出したようだった。

「大丈夫よ、ほら……」

由佳は強引に下着を降ろしていき、やがて、両足首からスッポリと抜き取ってしまった。

鉄夫は、放り投げられた桃枝の下着を拾い、そっと広げて観察した。

無地の綿で、中心部には特にシミもないが、全体は汗を吸ったように生温かく、湿り気があった。

鼻を押し当ててみると、甘酸っぱい汗の匂いに、うっすらとチーズ臭に似たような処女の恥垢らしき匂いがミックスされていた。

もうすぐ、生身のその部分が自由になるのだ。

そう思い、鉄夫はすぐに下着を置き、いつでも参加できるよう、自分も服を脱いで準備することにした。

由佳は、桃枝のムッチリした太腿を舐め上げ、先に指でワレメをいじっていた。

桃枝は喘ぐのが恥ずかしいらしく、必死に両手で顔を覆い、何度かビクッと反応しながらこらえていた。

やがて由佳が顔を進めていき、とうとう桃枝の股間にピッタリと顔を埋め込んでしまった。

「ああん……！」

桃枝がビクッと弾かれたように下半身を震わせ、どうしようもなく声を上げた。

由佳の息がくぐもり、ピチャピチャと、猫がミルクでも舐めるような音が聞こえてきた。

「あ……、ああっ……」

いったん洩れると、もう間断なく喘ぎ声が続いてしまい、桃枝は少しもじっとしていられないようにクネクネと悩ましく身悶えた。

由佳は、少し舐めただけで顔を離した。桃枝がいってしまうのを防いだのだろう。

そして自分も胸元を開き、桃枝の顔に屈み込んでオッパイを押しつけた。

「さあ、吸って……」

桃枝は赤ん坊のように息を弾ませ、無心に吸い付いていった。

由佳は両の乳首を充分に吸わせると、下着を脱ぎ捨ててしまい、今度はシックスナインの体勢になってワレメを舐め合った。

「ム……、ウウッ……!」

二人は、それぞれの股間で息を籠もらせ、小さく呻きながら舌を動かした。

もう鉄夫も興奮の限界が近づいてきた。

さらに由佳は体位を入れ替え、お互いの脚を交差させて、ワレメ同士をくっつけ合わせた。

何ともドキドキする眺めだ。

互いに濡れはじめたワレメはヌルヌルとこすれ、ときには吸盤のように吸い付き合った。

「ああん、いい気持ち……」

由佳もすっかり頬を上気させ、息を弾ませて喘いだ。

二人とも、乱れたセーラー服姿で、裾をめくり太腿まで丸出しになって、たまに茂みがチラッと見える風情が、全裸以上に何とも色っぽかった。

やがて由佳が、鉄夫を手招いてきた。

全裸になった鉄夫は、嬉々として二人がもつれ合うベッドに上った。

三人分の体重に、ベッドのスプリングがギシギシと悲鳴を上げた。三人でシングルは狭いが、くっつき合っていれば落ちることはない。

「いいわ。桃枝を好きにして」

由佳が言い、いったん身を引いた。

鉄夫は、息を弾ませている桃枝に上からのしかかり、ピッタリと唇を重ねた。

「ク……」

桃枝が、異性とのファーストキスに小さく呻き、眉をひそめた。だが、もちろん拒みはしない。

美少女の唇はマシュマロのように柔らかく、湿り気ある吐息はリンゴのように甘酸っぱく可愛らしい匂いがしていた、由佳の匂いにも少し似ているが、もっと幼い感じだ。

さらに唇のまわりには唾液の匂いがあり、これは二人分のミックスされたものだろう。由佳の愛液や、ワレメの匂いなども少しは入り混じっているのかもしれない。

舌を潜り込ませ、滑らかな歯並びを舐めた。

奥へ差し入れると、熱気とともにさらに濃厚な果実臭が感じられ、甘い唾液に濡れた舌が触れ合ってきた。

ヌルヌルとからみ合わせると、少しずつ桃枝もクチュクチュと動かすようになってきた。生温かい唾液はトロッとして甘く、柔らかな舌は、もう嚙み切って食べてしまいたいほど美味しかった。

鉄夫は執拗に桃枝の口の中を舐め回しながら、そろそろと手のひらを彼女の胸に這わせていった。

その間も、由佳は、鉄夫の背中や桃枝の太腿を撫ぜ回し、気分を盛り上げてくれていた。

ようやく唇を離して、桃枝の白い首筋を舐め下りた鉄夫は、ピンクの乳首にチュッと吸い付いていった。乳首をはじめ、胸元や肌のあちこちには甘ったるい汗の匂いが染みつき、それに由佳の乾いた唾液の匂いも混じって、何とも鉄夫の官能と興奮をそそった。

すっかりコリコリと硬く勃起している、小さな乳首を舌で弾き、唇に挟んで吸い、両方とも交互に愛撫する。

「あん……」

桃枝は何度か顔をのけぞらせて、可憐な声で喘いだ。

さらに鉄夫は、例によって美少女フェロモンを求め、桃枝の腕を差し上げて乱れた制服の中、腋の下へと顔を潜り込ませていった。

「やん……、ダメ……」

桃枝は腕を縮めて拒もうとしたが、鉄夫は強引に鼻を押しつけた。

ジットリと汗ばんだ窪みは、甘ったるいミルクの匂いだ。

それでも体臭は薄い方なのだろう。必死に深呼吸しなければ、鼻腔に引っ掛かってこない程度の淡いものだった。

舌を這わせても味はなく、剃り痕も感じられずスベスベしていた。

もう片方の腋の下も念入りに嗅いでから、鉄夫は美少女の柔肌を舐め下り、おヘソを舐め、いったん身を起こしてからスカートの中に入り、太腿から足首まで這い下りていった。

足首を摑み、まずはソックスの裏の微かな黒ずみに鼻を当てて嗅いでから、ソックスを脱がせていった。

小さな素足は何とも可愛らしく、指の股はやはり汗ばんで湿っていた。

それでも匂いが薄く、汗と脂と土埃の匂いを探るように嗅ぎ、爪先にしゃぶりついていった。

「ああん、くすぐったい……！」

桃枝が脚を引っ込めようともがいたが、鉄夫は全ての指を含んで吸い、股も念入りに舐め回した。

両足とも充分に嗅いだり舐めたりしてから、いよいよ鉄夫は桃枝の脚の内側を舌で這い上がっていき、再び濃紺のスカートの内部に顔を潜り込ませていった。

張りと弾力に満ちた内腿に挟まれながら中心部に目を凝らすと、ぷっくりした丘にまだ生えはじめたばかりのような若草が、実に淡くモヤモヤと煙っていた。

膨らみを持つワレメも、まるでキューピー人形のように初々しかった。

しかし指で陰唇を開くと、ワレメの内側はすっかりヌメヌメと潤い、ピンク色の柔肉が悩ましく息づいていた。

細かな襞が処女のホールを覆うように入り組み、光沢あるクリトリスも、包皮の帽子をかぶって顔を覗かせていた。

たまらずに顔を埋め込むと、

「ああッ……！」

同性とは感触が違うのか、桃枝は声を上げてキュッと内腿に力を入れてきた。

淡く柔らかな恥毛に鼻をこすりつけると、隅々に籠もる可愛らしい匂いが鼻腔に侵入してきた。

やはり甘ったるいミルク系の匂いが大部分で、それにさっき舐めた由佳の唾液の匂いが混じって、さらに下着と同じ処女の恥垢らしい性臭が感じられた。

鉄夫はクンクン鼻を鳴らし、処女の匂いを胸いっぱいに嗅ぎながら舌を伸ばした。

張りのある小陰唇を舐め回し、徐々に内側へと差し入れていく。

中は熱くヌルッとして、湧き出る粘液が舌にまつわりついてきた。味は実に薄く、むしろ物足りないぐらいだった。

それでも生意気に、ツンと勃起したクリトリスを舐め上げると、

「あう！　ダメ……！」

感じたように激しく喘ぎ、腰をクネクネさせてきた。

3

「気持ちいいでしょう？　ほおら、いま桃枝は男の人に舐めてもらってるのよ」

由佳が再び参加し、桃枝の上半身を抱いて囁きかけ、オッパイを弄んだ。

鉄夫はワレメ内部を念入りに舐め回し、処女の柔襞から敏感なクリトリスまでを、何度も往復した。

そして彼女の両足を浮かせ、可愛いお尻の谷間に鼻先を潜り込ませていった。

やはり、お尻の穴と足の指の股は、どうしても通らなければならない部分だと思っていた。

両の親指でグイッと谷間を開き、奥でキュッと閉じられているピンクのツボミに鼻を押し当ててみた。

汗の匂いが少しだけして、やはり生々しく秘めやかな臭気は感じられなかった。

村には一つもなかったウォシュレットが、都会ではほとんどの家にあるのだろう。

鉄夫には、その文明の利器が恨めしかった。

それでもめいっぱい広げた肛門を、舌先でペロペロくすぐると、

「やん！　ダメそこ……！」

桃枝は感電でもしたかのように、ビクッと激しく腰を跳ね上げた。

それを強引に押さえ付け、鉄夫は執拗に舐め回した。

たちまち、ピンクの細かな襞が唾液にヌメり、恥じらうようにキュッキュッと収縮

した。

鉄夫は舌先をヌルッと押し込み、内部も味わった。

「あぁっ……！」

桃枝は喘ぎっぱなしで、しかも由佳に乳首を吸われ、少しもじっとしていられないようだった。

やがて鉄夫は桃枝の脚を降ろし、もう一度じっくりとワレメを舐めた。

二人の美少女の匂いがミックスされ、もう鉄夫も我慢できなくなっていた。

それに桃枝も、処女とは思えないほど大量の蜜を溢れさせているし、今にも昇りつめそうな喘ぎ方だった。

まあ、由佳とのレズ体験で、クリトリス感覚による絶頂は何となく知っているのだろう。

だから、そんなに気遣うこともないと思った。

鉄夫は愛液を舐め取り、もう一度クリトリスまで舐め上げてから、身体を起こし、股間を突き出して前進していった。

由佳も、桃枝のオッパイから顔を上げ、いよいよだなというふうに注目している。

鉄夫は幹に指を添え、先端をヌレヌレのワレメに押し当てた。

すぐには入れず、亀頭に愛液をまつわりつかせるように、上下にヌルヌルとこすりつけた。

「く……」

桃枝も、小さく呻きながら目を閉じ、その時が来たことを覚悟したようだ。

やがて鉄夫も位置を定め、ゆっくりと腰を突き出していった。

女性から教わることの多かった鉄夫が、初めて処女を散らす瞬間が来たのだ。

グイッと押し込むと、まるでゴムが広がるような感触があり、処女膜が丸く開かれていった。

「あうッ……！」

桃枝が、火傷でもしたかのように顔をしかめ、ビクッと身を反らせた。

内部は、熱くヌルッとした感触で、何とも心地よい。

鉄夫はそのままズブズブと根元まで押し込み、身体を重ねていった。

「ああっ……、い、痛っ……」

桃枝は眉をひそめ、脂汗を滲ませていたが、やがて諦めたように息を詰め、肌を強ばらせていた。

「大丈夫よ。もう痛くないでしょう？　いまに、これがうんと気持ちよくなるんだからね」

宥めるように由佳が言い、添い寝しながら桃枝の頬にキスしてやった。

鉄夫は、感激と快感を噛み締めながらじっとしていた。

さすがに狭く、桃枝が切れぎれの呼吸を繰り返すたび、膣内がキュッと締め付けられてきた。

そして桃枝の甘酸っぱい息を感じるうち、とうとうズンズンと小刻みに動きはじめてしまった。

愛液だけは豊富なので、動くたびにクチュクチュと淫らな音が聞こえてきた。

「あん……、お、お願い、そっと……」

桃枝が言う。

鉄夫は動きをゆるめ、優しく動いてやった。

膣はペニスを吸い込むように蠢き、深々と押し込むたび、桃枝のぷっくりしたワレメの膨らみがキュッと当たって気持ちよかった。

次第に快感に負け、いつの間にか激しい動きになってしまったが、桃枝の方でも痛みはマヒしてきたのだろうか、特に痛がる様子も薄れたようだ。

やがて鉄夫は股間をぶつけるようにピストン運動し、まだ未成熟のオッパイを胸で押しつぶしながら、何度か桃枝に唇を重ねた。

桃枝も甘酸っぱい息を弾ませながら前歯を開き、舌をからめてきた。

たまに由佳も割り込み、鉄夫の舌に吸い付いてきたりした。

もう限界だった。

二人の美少女を見下ろし、処女を征服した感激に包まれながら、鉄大はとうとう大きな快感に貫かれてしまった。

「く……」

短く呻き、ありったけのザーメンを桃枝の柔肉の奥に向けて噴出させた。

このまま溶けてしまいそうな、最高の快感だった。

「いま出てるのよ。わかる、奥の方が熱いでしょう？」

由佳が、鉄夫の痙攣を見ながら桃枝に囁いたが、桃枝の方はそれどころではなく、
突き上がる異物感に呻くばかりだった。

鉄夫は最後の一滴までドクンと絞り出し、ようやく動きを止めた。

そして桃枝に重なりながら、たまに由佳のオッパイにも手を伸ばして、うっとりと余韻に浸った。

4

「ほら、よく見て。これが入ったのよ。触ってごらんなさい」

　由佳が言う。

「変な形。恐いわ……」

「大丈夫よ。先っぽから出てるの、舐めたって汚くないのよ。味見してみて」

「生臭くて、気持ち悪い……」

　二人の美少女が顔を寄せ合い、仰向けになった鉄夫の股間でヒソヒソと囁き合っていた。

　二人とも、乱れていたセーラー服を脱ぎ捨て、鉄夫と同じ全裸になっていた。

　処女を捨てる行為を終えてすぐ、鉄夫は仰向けにされ、二人が左右から挟むようにペニスを覗き込んで、〝勉強〟の続きをしているのだ。

　さいわいというか、レズ体験もある高一なら当然というか、桃枝は出血もしていなかった。

　まあ陰唇は痛々しくめくれ上がり、鉄夫が身を離してからも、いつまでも内部に異物感が残っているのだろう。しかし桃枝もいつかは通らなければならない行為だと納得しているから、今はもうすっかり、好奇心いっぱいの女子高生に戻っていた。

二人の熱い視線と吐息を浴び、ペニスは萎える暇もなくムックリと屹立したままだった。

それに、まだ尿道口からは白濁した粘液が滲んでいた。

それを桃枝が指で触れ、そっと舐めた。

やがて二人は、ペニスを後回しにし、左右から鉄夫に唇を重ねてきた。

どうやら、これから男の悦ばせ方、愛撫の仕方などについて由佳が実地で桃枝に教えるつもりらしい。

仰向けの鉄夫の唇に、由佳が右側から、桃枝が左側から密着してきた。

「ンンッ……」

二人は息を弾ませ、小さく鼻を鳴らして舌を差し入れてきた。女同士でも、レズ体験があるから、舌が触れ合っても平気なようだ。鉄夫にしてみれば、それが極楽のような快感となった。

美少女二人の、熱く湿り気のある息が混じり合い、鉄夫の鼻腔から胸の底まで、悩ましく甘酸っぱい匂いがタップリと満ちてきた。それは何ともかぐわしく、しかも二人の息の熱気で鉄夫の顔じゅうが湿ってきそうだった。

舌を伸ばすと、二人の舌に触れた。

それぞれ、微妙に味も感触も違っていた。どちらも柔らかく、トロリと甘い唾液に濡れ、いつまで舐めていても飽きないほど美味しかった。

しかも吐息ばかりではなく、ミックスされた唾液までがヌラヌラと滴り、鉄夫の舌の上に注がれてきた。

それは小泡が多く、生温かくて粘り気があり、味は薄いが、二人の甘酸っぱい香りが含まれていた。

鉄夫はミックスされたシロップで喉を潤しながら、手を伸ばし、それぞれの乳首をいじったりした。

そして三人で、長いこと舌を吸い合い、からめ合っていたが、ようやく由佳が離れると、続いて桃枝も離れ、鉄夫の頰や耳まで舐め回してきた。

耳たぶがキュッと嚙まれ、左右から舌が入ってクチュクチュと蠢かせてきた。

さらに瞼から鼻の穴まで念入りに舐められ、顔じゅうが美少女たちの清らかな唾液にベットリとまみれてしまった。

二人は首筋を這い下り、鉄夫の両の乳首に吸い付いてきた。

「あう」

カリッと嚙まれると、鉄夫も少女のようにビクッと反応し、声を洩らしてしまった。

二人は、そんな彼の反応が楽しいらしく、ことさらに歯を立ててきたり、痛いほど乳首を吸ってきたりした。

まるで二人の雌獣に、少しずつ食べられているような感覚だ。

鉄夫はときにはウッと呻き、ときにはクネクネと悶えながら、すっかり回復したペニスを最大限に膨張させていた。

やがて脇腹を下りて、二人は交互に鉄夫のおヘソを舐め、太腿から足の方へと下りていった。

そして鉄夫がやったように、二人ともためらいなく彼の足裏を舐め回し、爪先にまでしゃぶりついてきた。冷たい足指が、温かく濡れた美少女たちの口に含まれるのは、何とも申し訳ないような心地よさだった。

鉄夫は、それぞれの口の中で、柔らかな舌を指先でヌルッと挟んだりした。

どんなに進んだ高校生でも、この自分ほど贅沢な快感を得た者はいないだろうと鉄夫は思った。

二人は充分に爪先を舐めてから、ようやく口を離し、足の内側をゆっくりと舐め上げてきた。

二人の熱い息と、ヌメッた舌が徐々に股間へと迫ってくる。

しかし由佳は、先に鉄夫の両足を抱え上げ、お尻の穴を舐め回してきた。

「ああっ……」

鉄夫は、思わず声を洩らした。ここも、申し訳ないような快感だ。

由佳はヌラヌラと舌を動かして、襞の隅々まで唾液にヌメらせ、もちろん内部にまでヌルッと押し込んできた。

そして顔を離し、今度は桃枝にもさせた。

桃枝も、そんなに嫌がらず、素直にペロペロと舌を這わせてきた。

美少女の熱い鼻息が陰嚢をくすぐり、肛門内部にまでヌルッと舌が潜り込んでくる。

キュッキュッと収縮させると、柔らかな舌先の感触が悩ましく伝わってきた。

二人交互に肛門を舐め尽くすと、今度は陰嚢にしゃぶりついてきた。

二人鼻を突き合わすように、シワシワの表面をまんべんなく舐め回し、温かな唾液にまみれさせた。

そして中央の縫い目を、舌先でツツーッと微妙なタッチで舐めたかと思うと、二人同時に吸い付き、睾丸を一つずつ大胆にチュッチュッと吸ったりした。

今度は熱い息が、ペニスの裏側を刺激してきた。

初めて体験する、二人がかりの愛撫に、尿道口からはヌラヌラと粘液が滲み出し、鉄夫はすっかり激しく喘いでいた。

とうとう由佳の舌先が、ペニスの根元から裏側をゆっくりと舐め上げ、先端まで達してきた。

続いて、桃枝も同じコースをたどってくる。

何を打ち合わせたわけでもないのに、二人の呼吸はピッタリと合い、愛撫のコンビネーション全てが鉄夫をメロメロにさせた。

今度は同時に、二人が顔を傾けて幹の側面を舐め上げ、やがてピンピンに張り詰めた亀頭に舌先を這わせてきた。

代わるがわる尿道口から滲む粘液を舐め取り、張り出したカリ首や、溝まで念入りに舐めてくれた。

先に、由佳が真上からスッポリと呑み込んで、口の中をキュッと締め付けてきた。内部ではクチュクチュと舌を蠢かせ、そして頰をすぼめてチューッと強く吸いながら、丸く締め付ける唇をスライドさせ、引き抜いてくる。

チュパッと軽やかな音がし、今度は桃枝が同じように深々と呑み込んできた。

桃枝も、一回由佳の唾液がつけば、何の抵抗もなく同じようにできるようだった。

二人の口腔も唇も舌も、温度も感触も、恥毛をくすぐる息も、全てが微妙に違っていた。

さらに交互にスポスポと吸い付かれ、鉄夫は急激に高まってきた。

それを察したかのように、由佳がスポンと口を離し、桃枝に囁いた。

「ね、出るとこ見てみる？　それとも、お口に受けてみる？」

「出るとこ見る」

桃枝が答えた。

やはり口に出されるのは、まだためらいがあるようだった。

「じゃ、出る寸前までお口でしてあげて」

由佳は言い、再び桃枝がパクッと亀頭を含んできた。

「出るとき、ちゃんと言ってあげてね」

「ああ、わかった」

「それから、まだ、あたし、舐めてもらってないの」

由佳が、仰向けの鉄夫の顔に跨がってきた。

何という艶かしい眺めだろう。女子高生のワレメが、真上から鼻先にまでズームアップしてきたのだ。

もちろん由佳のワレメからも、大洪水になった愛液が今にも滴りそうになって、興奮に充血した陰唇も濃く色づいていた。

そのまま由佳は、あまり体重をかけないようにキュッと座り込んでくる。

柔らかな恥毛が鼻を覆い、鉄夫は思わず深呼吸した。

甘ったるい汗の匂いが懐かしく鼻腔に侵入し、それにムレムレの熱気と湿り気も鉄夫の顔じゅうを包み込んでくる。

舌を伸ばし、陰唇を舐めると、すぐにトロッとした蜜が舌を濡らしてきた。

内部に差し入れ、細かな襞をクチュクチュと舐め回し、ゆっくりとクリトリスまで舐め上げていった。

「あ……、ああん……、いい気持ち……」

由佳が、白い首筋を伸ばして顔をのけぞらせた。

さらに鉄夫は彼女の腰を抱え込み、少しだけズラして、お尻の谷間にも真下から潜り込んでいった。

可憐なツボミに鼻を押し当て、淡い汗の匂いを嗅いでから、ちろちろと舌を這わせる。

「あう、くすぐったい……」

由佳はか細い声で喘ぎ、舌の動きに合わせてキュッキュッと肛門を収縮させた。

鉄夫は、ヌルッと内部まで潜り込ませ、充分に味わってから、再びワレメの方に舌を戻していった。

「ああッ……、何だか、いきそう……、このまま……」

由佳は次第に声を上ずらせ、鉄夫の顔に座ったまま、グリグリと股間を動かしてきた。

体重も、いつしか容赦なく預けてきて、特に鉄夫の鼻が心地よいのか、その部分にクリトリスを当ててコリコリと強くこすりつける。

鉄夫は危うく窒息しそうになった。そして、たちまち鉄夫の顔は、由佳の大量の愛液でヌルヌルになってしまった。

その間も、桃枝はチュッチュッと無心に鉄夫のペニスに吸い付いていた。

もう鉄夫も限界だった。

いくら由佳のワレメを舐め、気を紛らわそうとしても、桃枝の唇と舌の動きに翻弄され、とうとう絶頂に達してしまった。

「い、いく……!」

鉄夫は、由佳の匂いに包まれながら、約束どおり必死に声を出した。

同時に、大量の熱いザーメンが一気にほとばしった。

「あん……！」

桃枝が、第一撃を口に受けてしまったか、声を洩らして口を離した。

そして幹をニギニギしながら、ドクンドクンと脈打つザーメンを、不思議そうに眺めた。それは、ややもすれば近々と見つめる桃枝の顔にまで飛んできそうな勢いだった。

「く……」

鉄夫は、射精快感に身悶えながら、なおも必死に由佳のワレメを舐め、クリトリスを吸った。

「ああーっ！　い、いくっ……！」

同時に、由佳も昇りつめてしまったようだ。

鉄夫の顔の上でガクンガクンと全身を波打たせ、新たな愛液をトロトロと湧き出させた。

桃枝は、口に飛び込んだ分は何とか飲み込んだようだ。

そして鉄夫は、最後の一滴を放出し、由佳に座り込まれたままグッタリと力を抜いて、愛液で口を濡らしながら再び快感の余韻に浸り込んだ。

5

三人、狭いバスルームで身を寄せ合っていた。

ボディソープを泡立て、鉄夫は由佳と桃枝のオッパイやワレメをヌルヌルといじってやった。

「あん……」

最初は、オルガスムスの余韻にとろんとしていた二人だが、次第にビクッと反応するようになってきた。

やがてシャワーを浴び、シャボンを洗い流すと、鉄夫は座ったまま、二人を目の前に立たせた。

「ね、オシッコするとこ見せて」

恥ずかしいのを我慢して言うと、

「いいけど……」

由佳の方はすぐに応じてきた。そろそろ溜まっていたのかもしれないし、彼女はドキドキする行為はまず嫌がらない。

「こうして」

鉄夫は二人の片方の足を、それぞれバスタブのふちに乗せ、大きく開いた二人の股のつけ根の真下に身を置いた。

「ふふ、ヘンタイ……」

由佳は、好奇心にキラキラと目を輝かせはじめたが、

「あん、恥ずかしい……」

桃枝の方は、こうした格好をしているだけでも全身を火照らせ、ガクガクと膝を震わせはじめた。

見上げれば、二人の微妙に違った形のワレメがわずかに開き、内側のピンクのお肉が覗いている。

「ほら、しっかり力を入れて出すのよ。あたしは、もう出ちゃうわ」

由佳は、すっかり鉄夫に協力して桃枝を促してくれた。

そして少し待つうちに、先に由佳のワレメからチョロッと温かい水流がほとばしってきた。

それは鉄夫の胸にかかり、温かく肌を伝い流れてペニスを濡らした。

少し遅れて、桃枝のワレメからも、チョロチョロとためらいがちに出てきた。

「あ……、あん……、いや、こんなの……」

クネクネと恥じらいながらも、もう止めようはなく、流れは勢いを増していった。

肌にかかるどちらの流れも熱く、鉄夫は激しく興奮した。こんなにも贅沢な快感が他にあろうか。

たち昇る湯気は、ほんのりと可愛らしい匂いを含んでいた。

鉄夫はとうとう我慢できず、先に桃枝の流れに舌を伸ばしてしまった。

「やん！　ダメ……」

桃枝が驚いて腰を引こうとしたが、鉄夫が押さえ付け、わずかに流れが揺らいだだけだった。

味も香りも薄く、やはりこれほどの美少女になると、飲み込んだ水分もほとんど不純物を混じえず、そのまま排出されるのかと思ったほどだった。

今度は由佳の方も口に受けてみた。

やはり味はないに等しく、心地よい香りが舌の上にほんのり残った。

やがて由佳の流れが弱まり、鉄夫は直接ワレメに口をつけて内部を舐め回し、温かいシズクをすすった。

続いて桃枝の方も放尿を終え、ブルッと下腹を震わせた。放尿後に震えが走るのは男だけではないのだなと鉄夫は思った。そして点々と滴るだけとなったので、そちらにも口をつけて陰唇内部に舌を這い回らせた。

「ああーっ……！」

シズクを吸い、クリトリスまで舐め上げていくと、桃枝はとうとう立っていられなくなったのか、そのままクタクタと座り込んできてしまった。

由佳も座り込み、ジワジワと興奮が高まってきたように、鉄夫に身体をくっつけてきた。

「うがい、しなくていいの？　気持ち悪くない？」

由佳が言う。

「うん……。じゃツバ飲ませて」

鉄夫は、さらに変態度をエスカレートさせて要求した。

由佳はすぐに、ピッタリと鉄夫に唇を重ね、クチュッと唾液を舌で押し込んできてくれた。

ほんのり甘い、生温かな粘液が鉄夫の喉を潤した。

「もっと沢山。それに出るとこも見たい」

「もう、贅沢なんだからあ」

由佳は立て膝を突き、鉄夫の顔を上向けて、真上から顔を寄せてきてくれた。

そして形よい唇をすぼめ、小泡の多い白っぽい唾液をひと固まり、グジュッと垂らしてくれた。

それは太い糸を引いて、鉄夫の舌の上に落下した。

鉄夫はジックリと味わい、コクンと飲み干した。

「桃枝もよ。出してあげて」

言われ、桃枝はモジモジと膝で立ち上がった。彼女にとっては、オシッコと同じぐらい恥ずかしいことなのだろう。

桃枝は頬を真っ赤にして、愛らしい唇を引き締めて口の中に唾液を溜め、そして少しだけ、トロッと垂らしてきた。

ほんのり甘酸っぱい息が感じられたが、唾液そのものは物足りないほど少ない。

「二人の、ミックスが飲みたい」

鉄夫もどんどん図々しくなってきた。

結局、由佳が桃枝の口の中にトロトロと唾液を吐き出し、桃枝の口の中でミックスしてから、あらためて鉄夫の口に注ぎ込んでくれた。

今度は、口いっぱいに入っていたので、桃枝も大量のミックスシロップを吐き出してきた。

それは生温かく、うっすらと甘い味がして、鉄夫の口の中を心地よく這い回った。プチプチと弾ける小泡にも香りが含まれ、喉に流し込むと、鉄大の全身に甘酸っぱく甘美な悦びが広がっていった。

さらに鉄夫は、由佳が滴らせた唾液を、舌ではなくわざと顔で受けてみたりした。

「そういうのも好きなの？　へんなの」

由佳は呆れたように言いつつも、鉄夫の顔に勢いよく吐きかけてくれた。

桃枝にもさせ、鉄夫は顔じゅうにかかる美少女たちの甘酸っぱい息と、ひんやりする唾液の雨にうっとりとなった。こんな甘美な顔面発射なら、いつまでも受けていたかった。

「ね、入れてもいい……？」

やがて、由佳もすっかり興奮したように囁いてきた。

鉄夫は、顔じゅうヌルヌルになりながらバスマットの上に仰向けになった。

その股間を由佳が跨いで、すっかり勃起しているペニスを受け入れながら、ヌルヌルッと座り込んできた。

めた。

恐る恐る股間を沈めてきた桃枝のワレメを、鉄夫は、激しく隅々まで舐め回しはじめた。

鉄夫も快感を嚙み締めながら、桃枝の腕を取って引き寄せ、顔を跨がせた。

由佳が顔を上向けて言い、深々と貫かれながらキュッと膣を引き締めてきた。

「あう……、すごい……」

「ああん……！」

桃枝もすぐに喘ぎはじめ、次第に自分からギュッと体重をかけ、ワレメをクチュクチュとこすりつけてきた。

鉄夫は必死に呼吸しながら桃枝のワレメを舐め、股間を突き上げながら由佳の柔肉の奥まで突いた。

「ああッ！　すごい、感じる……！」

上体を起こしている美少女二人は、互いに抱きつくようにして身体を支え合い、熱い喘ぎを交じらせた。

そして三人とも、ジワジワと絶頂の急坂を昇りはじめていった……。

第五章　恥ずかしい要求

1

「おい待てよ。お前、由佳と付き合ってんのか」

学校の帰り、鉄夫が花園神社を通り抜けようとしていると、いきなり声をかけられた。古沢が、暗い目で睨んでいる。

他にも、二人の不良っぽい奴らを従えていた。

「あーあ……、二度と関わりを持ちたくなかったのに……」

鉄夫はうんざりして独り言を言った。

何しろ、今日は上機嫌なのだ。また修一が出張に出てしまい、今夜は美しい美沙子と二人きりなのである。

それで早く帰ろうと急いでいたのに、最も顔を見たくない奴に呼び止められてしまった。

「知らないよ、そんなこと」

「知らねえわけねえだろ。由佳のマンションに出入りしてるじゃねえか」

古沢が凄んだ。

「後を付け回してるのか。見下げ果てた奴だね、あんたは」

「なんだとお？」

「話なんかどうでもいいんだろ？　早くすませたいんだ。かかってこい」

鉄夫はバッグを置いて身構えた。

他の二人は、この態度のでかい下級生に驚いたようで、とにかく古沢の出方を待った。

「ぬ、ぬわんだとおお……？」

古沢は怒りに顔を真っ赤にし、じりじりと迫ってきた。

「どうせ仲間がいないと戦えない弱虫だ、あんたは。タイマンはる度胸なんかないんだろう？」

言うと、二人の不良が苦笑した。

「おい古沢。ここまで言われていいのか。やっぱりケンカは一対一じゃなきゃな。見ててやるからとことんやってみろよ」

二人が言うと、鉄夫も笑顔を見せた。

「おお、そっちの二人は話が分かる人らしい。二人がかりでなくて安心しました」

二人に言い、古沢に向き直った。

二人が本格的な助けにならないと悟り、古沢はヤケになって向かってきた。

もちろん逆上したパンチなど、鉄夫は難なくかわすことができた。

「そらそら、どうした古沢」

二人が声をかけた。

三人で袋叩きにする気など最初からないが、まあ仮に古沢がやられたら加勢し、生意気な下級生にちょっとヤキを入れてやろうという気でいるから、実にリラックスしていた。

しかし、勝負は何ともあっけなくついてしまったのである。

何発めかのパンチをかわした鉄夫が、隙を見て、素早いボディブローを食らわせたのだ。

「ふん！」

古沢は目を見開いて呻き、そのまま腹を押さえて屈み込んでしまった。

「あーあ、どうするか……」

二人が、腑甲斐ない古沢を見て言い、鉄夫にかかっていくかどうか迷った。

そのときである。

「こらあ、何やってるか！」

神社の入口から、二人の制服警官が駆け寄ってきた。誰かが通報したわけではなく、たまたま警邏《けいら》中だったのだろう。

「や、やべえ。古沢、しっかりしろ！」

二人は両側から古沢を助け起こし、警官が来るのとは反対側の出口に向かって逃げていった。

鉄夫も少し迷ったが、自分が悪いわけではないと、そのまま逃げずにいた。

「君、ケンカしていたな」

警官が、逃げた三人を追うのを諦め、鉄夫を挟むようにして言った。

「はあ。でも大したことじゃないです。相手の三人も、同じ学校の人だし、話し合えば分かると思いますから」

「だが君が殴るところを見たぞ」

「あ、あれぐらい正当防衛でしょう。向こうは三人いたんだから」

「ちょっと、これは何だ？　出してみなさい」

一人の警官が、鉄夫の制服のポケットの膨らみに触れて言った。

「あ、これは……」

迂闊だった。前に古沢から奪ったバタフライナイフが、ずっとポケットに入ったままになっていたのだ。

「さっきの、あいつから奪ったものですけど……」

鉄夫は、オズオズとナイフを取り出しながら言った。

「とにかく、ちょっと来てもらおうか」

両側から挟まれ、鉄夫はそのまま歌舞伎町の署まで連れていかれてしまった。

2

「もう、どんなに心配したと思ってるの！」

一緒に家に帰ると、美沙子が頭ごなしに叱りつけてきた。

「はあ、すみません……」

さすがに、元小学校の先生で美沙子は怒ると恐い。鉄夫も小学生に戻ったようにうなだれていた。

あれから警察でタップリと油を絞られ、保護者ということで美沙子に連絡し、迎えにきてもらったのだ。

それでも遅めの夕食を一緒に囲むうち、美沙子の機嫌もすっかり直ってきた。

まあ実際、心配と安心が同時に襲ってきただけなのだろう。

とにかく、これで晴れて今夜は、美沙子と二人きりの時間が独占できるのだ。

鉄夫は夕食を終えて入浴した。

やがて美沙子も片付けものを終えた。あとは美沙子が入浴するだけである。

しかし鉄夫は、ここで美沙子の腕を取って、強引に寝室へと連れ込んでしまった。

何しろ、一度でいいから美しい美沙子の、ナマの体臭を味わってみたかったのである。

「なに？　どうするの……」

夫婦のベッドに押し倒し、鉄夫がのしかかっていくと、美沙子は子供をたしなめるように言った。

「わかっているから、もう少しだけ待って。三十分でお風呂から戻ってくるから」

「ダメ、今がいい」

鉄夫は強引に添い寝して身体をくっつけ、腕枕してもらいながら美沙子のブラウスの腋に顔を埋めた。深呼吸すると、ほんのりと甘ったるく上品な汗の匂いが感じられた。

「どうして?」

「だって、自然なままの匂いのする方が好きだから」

「まあ……」

美沙子は鉄夫の意図を知り、ビクッと肌を強ばらせた。

「ダメよ、そんなの、恥ずかしいから……」

美沙子が、急に自分の匂いが気になりだしたようにクネクネともがきはじめた。

実際、今日は警察からの電話でうろたえ、慌てて署まで走り、すっかり肌はいつになく汗ばんでいたのだ。

しかし鉄夫はもうピッタリと美沙子の腋の下に顔を埋め、シッカリとしがみついて離れなかった。

「ちょっと、お願いだから離れて。少しのあいだ待ってて……」

美沙子は鉄夫の顔を突き放そうとするのだが、鉄夫はうっとりと深呼吸しながら巨乳をモミモミし、とうとう巧みにブラウスのホックを外してしまった。

そして、もう止まらない勢いで強引に背中のホックまで外した。

ブラがゆるみ、ナマの巨乳が弾けるように露出してきた。

のしかかって乳首を含むと、

「ああッ……！」

美沙子はたまらずに声を洩らした。

吸い付いて舌で転がすうち、唾液にまみれた乳首は、たちまちコリコリと硬く突き立ってきた。

肌そのものが、ほのかな甘い匂いを漂わせている。

そして特に、胸の谷間や腋の下の方から、甘ったるい濃厚なフェロモンが悩ましく揺らめいてきた。

鉄夫は勃起した乳首を軽くカリッと嚙み、もう片方にも吸い付いていった。

「あう！」

美沙子は少しもじっとしていられないように身悶え、次第に鉄夫の勢いに押されて拒む気力もなくなってきたようだった。

充分に左右の乳首を愛撫してから、鉄夫は巨乳の谷間に顔を埋めて匂いを嗅ぎ、さらに乱れたブラウスの内部に顔を潜り込ませていった。

ジットリと汗ばんだ腋の下に鼻を押しつけると、何とも甘ったるい、ミルクのような濃厚な汗の匂いが鼻腔に満ち、鉄夫はうっとりと酔い痴れた。

「いい匂い……」

思わず言うと、

「あん、ダメ……!」

思い出したように美沙子が肌を強ばらせ、羞恥にクネクネともがいた。

鉄夫は心ゆくまで、何度も何度も深呼吸し、汗ばんだ腋の窪みを舐め回してから、やがてゆっくりと舌で肌を這い下りていった。

まだスカートは脱がせず、先にパンストを引き下ろし、ムッチリとした滑らかな太腿から脛へと舐め下りた。

パンストを完全に脱がせる前に、鉄夫は爪先に鼻を押し当ててみた。

先端はわずかに脂じみて黒ずみ、繊維の隅々にはゾクゾクするような匂いが籠もっていた。

今日はうんと動き、走ったりしたのだ。無理もない。

ようやく両の足首からスッポリとパンストを抜き取り、足首を摑んで素足に顔を寄せていった。

「な、何をするの……」

「じっとしてて」

言いながら、足の裏に口づけし、揃った指に鼻を押し当てた。

指の股は汗と脂にジットリと湿り、パンスト以上に悩ましい匂いが感じられた。

鉄夫は夢中になって嗅ぎ、爪先を含んで、指の股にヌルッと舌を潜り込ませた。

「ああん……、い、いけないわ、汚いから……」

美沙子はビクッと足を引っ込めようとし、鉄夫の口の中で爪先をキュッと縮めた。

舐め回すと、うっすらとしょっぱいような味がした。

もちろん美しい美沙子のものだ。まったく不潔感はなく、むしろナマの匂いと味に触れることができて嬉しかった。

もう片方も念入りに舐め回し、全ての指を一本ずつしゃぶった。

「ああ……」

美沙子は、もうすっかり力が抜け、ただハアハア喘いで身を投げ出しているだけだった。

それでも鉄夫が予想していたより、匂いはずっと薄い感じで、本当はまだまだ物足りないぐらいだった。男なら、もっとわずかな時間動いただけでも悪臭がするというのに、やはり美人は身体の構造からして違うのだなと思うしかなかった。

ようやく両足ともしゃぶり尽くして、鉄夫は、脚の内側をゆっくりと舐め上げていった。

スカートをまくり上げ、色っぽい下着に指をかけて引き降ろしはじめる。

「あん、お願い、そこだけは……」

「ダメ、手をどけて」

必死にショーツを押さえる美沙子の手をどかせ、強引に脱がせてしまった。

「ああっ……、本当にダメ、見ないで……」

美沙子は股間を庇うように両腿をキュッと閉じ、横向きになって身体を丸めてしまった。

まだ深追いせず、鉄夫はその隙にショーツを裏返して嗅いでしまった。

全体は生温かく湿り、中心部はいつもより濃い匂いがタップリと染み込んでいた。

もう我慢できない。

鉄夫は気がすむまでショーツの匂いを貪り、パジャマを脱ぎ捨てて全裸になった。

そして手足を縮めている美沙子の太腿を舐め、お尻の方を先に攻めていった。

横向きのため、後ろに回れば豊かなお尻が突き出されているのだ。

むき玉子のような丸くスベスベした肌に舌を這わせ、巨大な双丘の谷間に鼻先を潜り込ませていった。

指でグイッと広げると、奥にピンクのツボミがあった。

鼻を当てて嗅ぐと、やはりムレムレの汗の匂いが感じられた。

舌を伸ばし、細かな襞をくすぐるように舐めると、

「アッ……！」

美沙子が驚いたように声を上げ、キュッとツボミを収縮させた。

もがくお尻を押さえ付け、次第にペロペロと大胆に舐め回し、充分に唾液にヌメってから、とがらせた舌先を内部にまで押し込んでみた。

「くっ……、お願い、やめて……」

美沙子が豊かなお尻を震わせて哀願する。

鉄夫は構わず、内部のヌルッとした粘膜を舐め、うっすらと甘苦いような味覚を楽しんだ。

内部でクチュクチュと蠢かせ、さらにヌラヌラと出し入れした。

「あ……、あうう……、いやっ……」

美沙子は、顔を伏せて声を洩らし、次第に全身から力が抜けてぐんにゃりとなってきた。

ようやく両膝の強ばりが解けたので、そのまま彼女をゴロリと仰向けにさせ、拒む余裕も与えずに内腿の間に顔を割り込ませてしまった。

黒々と艶のある恥毛が震え、熟れたワレメからはみ出した陰唇は、すでに熱い大量の愛液にネットリと潤っていた。

やはり激しい羞恥が、いつもよりずっと多くの蜜を分泌させていたようだ。

「そ、そこだけは、やめて……」

「だって、すごい濡れてるよ」

「ああッ！　い、言わないで……！」

美沙子がビクッとのけぞった。

やはり入浴前というのは、かなり抵抗があるのだろう。

鉄夫は指を当て、さらに中を見ようとグイッと開いた。ややもすれば、大量の愛液で指がヌルッと滑りそうになる。

膣口周辺の細かな襞は、乳白色の粘液がまつわりつき、ヒクヒクと息づいていた。

それは恥じらいに震えるというより、鉄夫の強烈な愛撫を待っているようだった。

クリトリスもツンと勃起し、見られているだけでも美沙子はジワジワと昇りつめてしまいそうだった。

やがて鉄夫は、熱気の渦巻く中心部にゆっくりと顔を埋め込んでいった。

「ああーっ……」

恥毛の丘にギュッと鼻を押し当てると、美沙子が絶望的に喘ぎ声の尾を引いた。

生温かく柔らかな恥毛の隅々には、何とも艶かしい大人の女の体臭がタップリと籠もっていた。

「うわあ、すごくいい匂い」

「あう！」

鼻を埋めながら言うと、美沙子は言葉にも激しく反応してきた。

鉄夫は、ことさらに鼻をクンクン言わせて何度も深呼吸し、甘ったるい汗の匂いや残尿、分泌物や美沙子本来の体臭のミックスされたムレムレの、チーズにも似た匂いを心ゆくまで吸い込んだ。

やはり、同じ茂みでも、腹に近い上の方は匂いが薄く、ワレメ近辺に迫る下の方ほど濃いフェロモンが充満していた。

舌を伸ばし、陰唇の表面から舐めはじめた。

そしてわずかに内部に差し入れただけで、ヌルッとした熱い蜜が舌を迎えた。

トロリとした舌触りでうっすらとしょっぱく、奥へ行くほど熱く、淡い酸味が感じられた。

襞の感触を確かめながら膣口にも浅く差し入れて舐め、ヌメリをすくい取りながらゆっくりとクリトリスまで舐め上げていった。

「アアッ……、ダメ、感じすぎる……、変になりそう……」

美沙子が譫言《うわごと》のように口走り、無意識なのだろうが、逆に放さぬかのようにムッチリと内腿で彼の顔を締め付けてきた。

鉄夫は溢れる蜜をすすりながら執拗にクリトリスを舐め、さらに手のひらを上に向け、中指をヌレヌレの膣口に潜り込ませていった。

ズブッと押し込み、指の腹で内部の天井をこすりながら、クリトリスを吸った。

「ああーっ……、い、いっちゃう……、あうーッ……！」

美沙子はガクンガクンと全身を波打たせ、いくらも我慢できないまま、激しく昇りつめてしまった。

3

鉄夫は、失神したようにグッタリとなった美沙子から、乱れたままになっている服を完全に脱がせた。

そしてお互い全裸になり、鉄夫は再び腕枕してもらい、たまに伸び上がって唇を重ねた。

さんざん喘いだせいか、美沙子の唇は渇き、舌もひんやりしていた。

潤いを与えるように唇を舐め、歯並びをたどり、口の中を隅々まで舐め回してから念入りに舌をからめた。

「ンンッ……」

ようやく美沙子も息を吹き返したように、小さく呻きながら鉄夫の舌を吸い返してきた。

熱く湿り気ある吐息が何ともかぐわしく、美沙子の口の中もようやく潤いが戻ってきた。鉄夫はようやく唇を離し、悩ましい香りに誘われるように、開いたままの美沙子の口に鼻まで押し当てた。

甘く濃厚な湿り気を深呼吸しながら、このまま美沙子の口の中に身体ごと入っていきたい気がした。

「いい匂い」

「あ、ダメ……」

思わず言うと、美沙子はまた恥じらい、鉄夫の顔を突き放そうとしてきた。

夕食後、まだ歯も磨いていないことを思い出したのだろう。しかし鉄夫にとっては人工のハッカの香りより、こうした自然のままの美女の吐息の匂いが何より貴重に思え、興奮するのだった。

やがて気力を取り戻した美沙子が、唇を離してノロノロと身を起こし、仰向けの鉄夫にのしかかってきた。

美沙子も、ジワジワと興奮が甦ってきたのだろう。

そして彼の頬や額、鼻の頭や瞼にキスの雨を降らせてきた。

鉄夫はうっとりと受けとめていたが、また我慢できなくなって、下から唇を求め、舌を吸わせてもらった。

「ね、ツバ出して」

恥ずかしい要求に、激しくペニスが震えた。

「ダメよ。出ないわ……」

「少しでいいから」

言いながら、また美沙子の顔を引き寄せ、ピッタリと唇を重ねてもらう。

美沙子は少しだけ唾液を溜め、舌先に乗せて押し込むように入れてくれた。

「もっと沢山……」

もちろん物足りず、鉄夫は執拗に求めた。

今度は美沙子も、さっきより多めに溜めてから、そっと注ぎ込んでくれた。

トロリとした生温かい液体が、鉄夫の舌を濡らした。

それは可憐な小泡が多く、ほんのり甘く、適度な粘り気を持って口の中を這い回った。飲み込むと、甘美な興奮と悦びが全身に広がっていき、ますますペニスの硬度が増していった。

美沙子も、少々アブノーマルな行為に息を弾ませ、鉄夫の耳たぶにキュッときつく嚙みつき、そのまま首筋を舐め下りていった。

「ああっ……」

鉄夫は受け身に徹し、うっとりと声を洩らした。

自分の方は入浴直後だから、安心して身を任せていられる。

美沙子は鉄夫の両の乳首を舐め、強く吸い付き、たまにカリッと歯を当ててきた。

そして徐々に下降し、やがて美沙子の熱い息が鉄夫の下腹部をくすぐった。

彼女は、大きく開かれた両足の間に腹這いになって、根元に指を添え、そっと舌を這わせてきた。

裏側をゆっくりと舐め、尿道口から滲む粘液をペロペロし、顔を傾けて側面も舐め上げた。

さらに陰嚢を舐め回し、シワシワの表面全体を温かく唾液でヌメらせた。

睾丸も吸われ、舌で転がされた。

そのまま美沙子は彼の両足を抱え上げ、お尻の谷間にも熱い息を吹きかけてきた。

「く……」

肛門をチロチロと舐め回され、鉄夫は息を詰めて呻いた。

美沙子は、自分がされたように念入りに舐め、舌先をヌルッと押し込み、熱い息で陰嚢を刺激してきた。

ようやく脚が降ろされ、美沙子は鉄夫の内腿も舐め、たまに肉をくわえてモグモグし、再びペニスに舌を這わせてきた。

今度は亀頭を集中的に舐め、まんべんなく唾液にヌメらせると、真上からスッポリと呑み込んできた。

先端がつかえるほど喉の奥まで含み、口の中をキュッと締め付けた。

美沙子の口の中は熱く、内部でヌラヌラと舌が蠢いていた。

そのままチューーッと吸いながらゆっくり引き抜かれると、

「ああッ……」

鉄夫は思わず喘ぎ、股間を突き上げるように身を反らせてしまった。

スライドする唇が、張り出したカリ首の溝でいったん止まり、さらに亀頭が強く吸い上げられた。

やがてスポンと軽やかな音をたてて口が離れ、唾液が淫らに糸を引いた。

美沙子はもう一度深々と呑み込み、同じように吸いながら引き抜くという行為を、何度も繰り返してきた。

「も、もう……、出ちゃいそう……」

鉄夫が降参したように言うと、美沙子は顔を上げ、そのまま身を起こして前進してきた。

そして彼の股間を跨ぎ、濡れたワレメでペニスを呑み込みながら、ゆっくりと座り込んできた。亀頭がヌルッと潜り込み、さらに幹が柔肉の奥へと没して見えなくなっていく。

「ああ……、いいわ、すごい……」

完全に座り込み、美沙子がうっとりと言った。

さっきは舐められて昇りつめたが、やはり挿入され本格的なオルガスムスを得たかったのだろう。

鉄夫も、股間に美沙子の体重と温もりを受け、心地よい膣内でキュッと締め付けられて急激に高まってきた。

美沙子は鉄夫の胸に両手を突き、小刻みに股間を上下させてきた。

ユサユサと色っぽく巨乳が揺れ、溢れた大量の愛液が陰囊までベットリとヌメらせてきた。

「気持ちいい……、硬くて、熱いわ……」

美沙子は口走り、次第に上下運動を早めていった。そのたびに濡れた柔襞が摩擦され、クチュクチュと淫らな音を響かせた。

やがて上体を起こしていられなくなり、美沙子は鉄夫に身を重ねてきた。

胸に巨乳がムニュッと押しつけられ、鉄夫も両手を回して全身で美沙子の温もりを受けとめた。

前後運動に変わった美沙子は、肌全体をこすりつけるように身を揺すった。

「ああん……、当たるわ、奥まで。すごくいい……」

美沙子は熱く甘い息で声を上ずらせながら、激しく動いた。

鉄夫も、下からズンズンと股間を突き上げ、同じリズムで昇りつめていった。

やがて、美沙子が本格的な絶頂を迎えたようだった。

「アアーッ……！　い、いく！　もっと突いて！」

狂おしく身悶え、美沙子はガクンガクンと痙攣した。

膣内も悩ましく収縮し、ペニスを奥へ奥へと引き込むような蠢きをした。

ひとたまりもなく、鉄夫も激しい快感に貫かれてしまった。

熱い大量のザーメンが、一気に狭い尿道口へとひしめき合い、勢いよく美沙子の柔肉の奥に向かってほとばしった。

「あう！　感じる。もっと出して……！」

のけぞりながら美沙子が言い、貪欲に若いエキスを吸収した。

まるで下の口から、全身の筋肉を躍動させてザーメンを飲み込んでいるかのようだった。

鉄夫も激しく股間を突き上げ、美沙子の甘い息で胸を満たしながら、最後の一滴まで絞り出し、やがて動きを止めてグッタリとなった。

4

「本当に、いけない坊やね……」

美沙子が、シャボンにまみれた身体をピッタリとくっつけ、ヌルヌルとこすりながら甘い息で囁いた。

バスルームでシャワーを浴び、ボディソープで泡まみれになって、ようやく美沙子も汗の匂いを洗い流して余裕を取り戻したようだった。

鉄夫はうっとりと美沙子の巨乳に顔を預け、また、すぐ目の前にある美沙子の形よい唇を求めた。

「ね、また飲みたい」

「ダメよ。そんなことばっかり言うの、変態よ」

「だって、美味しいんだもん」

鉄夫は甘えるように言い、出してくれるまでせがんだ。

「もう、これで最後よ」

「それなら、いっぱい出して。それに出るところも見たいから、少し離れたところから垂らして」

「困った子ね。そんな恥ずかしいことを……」

呆れたように言いながらも、やがて美沙子は唇をすぼめ、口の中いっぱいに唾液を溜めてから、上を向いた鉄夫の顔の真上に乗り出してきた。

そしてクチュッと垂らしてくれた。

白っぽく小泡の多い粘液の固まりが落下し、まだ太い糸を引きながら唇から離れなかった。

鉄夫は悪戯心を起こし、それを舌の上に受けず、わざと顔を動かして眉間あたりに受けとめてしまった。

「あっ……！」

美沙子は驚いて声を上げたが遅く、粘液は鉄夫の鼻筋をトロトロと伝い流れてから唇に達した。

「ダメよ、汚いでしょう！」

美沙子は慌てて鉄夫の顔を拭こうとしたが、それを避けながら、鉄夫はうっとりと酔い痴れていた。

「大丈夫。どうせすぐに洗えるんだから。ね、もう一回して」

「もうイヤよ。変なことばっかりさせるんだから」

美沙子は、もう唾液は出してくれなかった。

やがてシャワーでシャボンを洗い流し、二人で代わるがわるバスタブに浸かった。

狭くて、とても二人一緒には入れない。

美沙子の、脂の乗った肌は湯を弾いて、色っぽく桜色に上気して瑞々しかった。

それに美沙子自身は気づかないだろうが、いくら洗い流しても、狭いバスルーム内には甘ったるい女の匂いが充満していた。

「ね、こうして」

鉄夫は、自分はバスマットに座ったまま、美沙子を目の前に立たせ、片足をバスタブのふちに載せさせた。

「この格好で、オシッコしてみて。出るとこ見たいから」

本当は大きい方を出すところだって見たいし、どこまでもとことんエスカレートしたいのだが、まあオシッコまでが限界だろう。だからこそ、ここまでは何としても達成したかった。

「ダメよ、出ないわ……」

「少しでいいから。これで、もう二度と変なこと言わない」

言うと、意外にも美沙子は拒まず、すぐに下腹に力を入れるように頬を引き締めてきたのだ。

あるいは美沙子もすっかり興奮が高まり、鉄夫のペースに巻き込まれているのかもしれない。それにオシッコも溜まり、こうした、亭主にできないようなドキドキする行為に燃えてきたようだった。

「いいの？　本当に……」

「うん、して」

「本当にしても、私のこと嫌いにならない？」

「もちろん。もっと好きになるよ。よく見えるように、自分で指で広げてみて」

言うと、美沙子は両の人差し指をワレメに当て、グイッと開いてくれた。

陰唇が広がり、濡れた膣口と、ポツンとした尿道口まではっきりと見えた。

「ああっ……、ほ、本当に、出ちゃう……」

美沙子はガクガクと膝を震わせ、とうとうワレメからチョロッとオシッコをほとばしらせてきた。

それは鉄夫の胸にかかり、温かく肌を流れていった。

みるみる勢いが増し、それは激しくハネを上げて放物線を描いた。

「温かい……。それに、すごくいい匂い」

「ダメ、そんなに近づかないで……」

美沙子が嫌々をするが、わずかに流れが揺らいだだけだった。かなり溜まっていたようで、流れは容易には弱まりそうになかった。

鉄夫は構わず美沙子の腰を抱え、顔を寄せてしまった。

流れを舌に受けると、熱く、ほのかな香りが立ち昇った。

「あっ、バカ……」

美沙子が思わず言ったが、もう遅く、鉄夫は一口飲み込んでしまっていた。

やはり味は薄く、喉を通過するときも抵抗なく心地よかった。

「ダメよ、やめて……」

美沙子は両手をワレメから離し、懸命に鉄夫の顔を突き放そうともがいた。

しかし流れも治まり、勢いを失くした分はほとんど内腿を伝うばかりとなった。

鉄夫は完全にワレメに口を押し当て、余りをすすり、ワレメの内側を隅々まで舐め回してしまった。

「ああっ……」

美沙子は、片足をバスタブのふちから降ろし、いつしか鉄夫の頭を両手で押さえ付けながら喘いだ。

オシッコの味も匂いもすぐに消え去り、ワレメ内部は大量のヌルヌルと、濃くなった酸味が感じられるようになってきた。

ようやく舐め尽くして、鉄夫が顔を離すと、美沙子は力尽きて座り込んできた。

鉄夫はそのまま彼女をバスマットに仰向けにさせ、もう一度シャボンをつけた指先で、美沙子の豊かなお尻の谷間をこすった。

指先で肛門を探り、ヌメリに任せて浅くヌルッと潜り込ませた。

「あう」

美沙子が思わず呻き、キュッと指先を締め付けてきた。

「ね、ここに入れてみたい。ダメ……?」

鉄夫は、アナルセックスへの激しい欲望を覚え、ドキドキしてきた。

まだ美沙子のこの部分だけは処女だろう。せめて、そこを自分が征服してみたかったのだ。

「ええ……」

美沙子が小さく答えた。

「い、いいの……？」

「いいわ。試してみたいんでしょう？　その代わり、どうしても痛くてダメだったら諦めて」

美沙子が言う。あるいは彼女も、前からアナルセックスへの欲求や好奇心があったのかもしれない。

しかし修一はアナルどころか、通常のセックスすらしてくれなくなっている。

だから快感を覚えたてで、研究意欲満々の鉄夫は、格好の相手なのだった。

鉄夫は、肛門に入れた指を、内部を揉みほぐすように蠢かせた。

美沙子も、初体験にやや緊張気味だ。

やがて鉄夫は指を引き抜き、仰向けの美沙子の両足を抱えさせ、ペニスにも充分に唾液をつけて前進していった。

「いい？」

「うん……」

美沙子は、なるべく口で呼吸しながら答えた。不安はあるだろうが、それ以上に好奇心と期待があるのだろう。前のワレメからは、トロトロと新たな愛液が湧き出していた。

先端を押し当て、鉄夫は彼女の表情をうかがいながら、ゆっくりと力を込めていった。

張り詰めた亀頭が、肛門の可憐な襞を丸く押し広げ、やがてヌルッと潜り込んだ。

「あう……！」

美沙子が眉をひそめて呻いたが、亀頭の、いちばん太いカリ首までが一気に呑み込まれた。

襞がピンと伸びきり、今にもパチンと弾けそうに張り詰めて光沢を放った。

しかし、あとは比較的スムーズだった。

股間を押しつけていくと、ペニスはズブズブと根元まで潜り込み、やがて鉄夫の下腹部に、美沙子の豊かなお尻の丸みがキュッと当たって弾んだ。

「大丈夫……？」

「ええ……、平気みたい……」

「痛くない？」

「少し痛いけど、何だか、前と違って変な感じ。うんとイヤではないわ……」

美沙子は息を詰め、懸命に初めての感覚を探って言った。

鉄夫は安心し、ヌメリに任せて少しずつ、様子を見ながら動いてみた。

さすがに締まりがよく、引くときはペニスが引っ張られ、吸い付くような感覚があった。

押し込むときは、ヌルヌルッとどこまでも深く入っていく。

ヌメリや摩擦快感は、やはり膣にはかなわないが、それでも処女の部分を征服したという満足感、それに美人の排泄器官に入れているのだという妖しい興奮が、ジワジワと快感として突き上がってきた。

「あぁっ……、まだ大丈夫よ、もっと強く動いても……」

美沙子が、上気した顔をのけぞらせながら言う。

痛みや違和感がマヒしてきたのか、もともとアナルセックスが合っていたのか、美沙子は声を上ずらせ、激しく喘いでいた。

鉄夫も、この分ならフィニッシュまで突っ走っても壊れないだろうと思い、安心して律動した。

快感も、急激に高まってきた。

「い、いってもいい……？」

「いいわ、中に出して……、アアッ……！」

美沙子が応え、鉄夫は股間をぶつけるように動いた。

深々と突き入れるたび、白濁した愛液を溢れさせるワレメがヒクヒクと息づいた。

やがて鉄夫は、股間に美女のお尻の弾力を感じながら、とうとう昇りつめた。

「く……！」

短く呻き、美沙子の底のない穴の奥に向けてドクンドクンと熱いザーメンを放出させた。

内部に満ちる粘液で、動きが多少ヌラヌラと滑らかになった。

最後の一滴まで脈打たせ、ようやく鉄夫は動きを止め、余韻に浸った。

体勢からして身を重ねるわけにいかないので、鉄夫は早めにヌルヌルと引き抜いていった。

「あう……」

美沙子も、排泄に似た感覚があるのか、たまに力み、直腸内をモグモグさせてペニスを押し出していった。

ヌルッと抜け落ちると、開いた肛門は一瞬内部の粘膜を覗かせ、すぐにキュッと閉じられ、元の可憐なツボミに戻った。

それでも処女を失った証しのように、肛門はレモンの先のようにやや先端を突き出して震えていた。

もちろんペニスにも、特に汚れも匂いも付着していなかった。

それでも美沙子がすぐに身を起こし、シャボンを付けてシャワーで洗ってくれた。

「オシッコしなさい。中も消毒しないと」

言われて、鉄夫は懸命に尿意を高め、少しだけチョロチョロと放尿した。

5

バスルームを出てからも、まだまだ鉄夫の欲望は治まらなかった。

むしろ、アナルセックスを体験した興奮が残り、もっともっと未知の世界に踏み込んでみたくて仕方がなかった。

二人は全裸のまま、ベッドで身体をくっつけ合った。

「お尻、大丈夫？」

「ええ、本当言うと、前から体験してみたかったの。でも、うちの人には言えなくて……」

「そう。それならよかった。で？　他にもまだしてみたいことあるの？」

「あるわ、いっぱい」

「どんな？　縛りとか、浣腸とか？」

「内緒よ。いずれ、またね」

「ね、こんなになっちゃった……」

鉄夫は甘えるように、勃起したペニスを美沙子の肌にグイグイ押しつけて言った。

「まあ！　まだ足りないの？」

「うん、あと一回でいいから……。だって、これで今度はいつ修一おじさんが出張になるか分からないんだから」

「私はもう、前も後ろも満足しちゃったの。お口でもいい？」

「うん！」

美沙子に言われ、鉄夫は勢いよく頷いた。

やがて美沙子は身を起こし、鉄夫の股間に顔を寄せてきた。

「ね、どうせなら、ワレメ見ながらいきたい」

「もう、贅沢な坊やね……」

美沙子は言いながらも、すぐに女上位のシックスナインの体勢になってくれ、仰向けの鉄夫の顔を上から跨いできてくれた。

鉄夫の鼻先に、湯上がりの匂いのするワレメが迫った。陰唇がわずかに開き、中のピンクのお肉が覗いている。さらに上のお尻の谷間には、処女を失ったばかりのツボミが見えた。

と、鉄夫のペニスに熱い息がかかり、亀頭がパクッと心地よく濡れた空間に捕らえられた。

舌先が尿道口をクチュクチュと舐め、カリ首を丸く締め付ける唇が、モグモグと妖しく蠢いた。

たちまち鉄夫自身は、美沙子の温かな口の中で最大限に膨張していった。

熱い鼻息が陰嚢をくすぐり、さらに喉の奥まで深々と呑み込まれ、強く吸いながら引き抜かれた。

「ああっ……」

鉄夫は、根元まで美沙子の清らかな唾液にまみれながら喘いだ。

そして美沙子は次第にリズミカルに顔を上下させ、スポスポと唇で摩擦してきてくれた。

髪が内腿に流れ、巨乳が腹に密着している。

鉄夫の目の前では、陰唇がみるみる開いて、中から熱い果汁が滴りそうになってきていた。

鉄夫は急激に高まりながら、伸び上がってワレメを舐めた。

「く……、ううん……」

美沙子が小さく呻き、反射的にチュッと強く吸い付いてきた。

もう限界だった。

鉄夫は、まるで身体中が美沙子の甘い匂いのする口に含まれ、舌で転がされているような気分になり、とうとう絶頂に達してしまった。三度目でも、その快感はいっこうに衰えていなかった。

美沙子の喉に向け、熱いザーメンを勢いよく噴出させると、

「ム……ンン……」

美沙子は口の中に受けとめながら、小さく呻いた。

そして最後の一滴まで吸い出し、ゴクリと喉を鳴らして飲み込んでくれた。

鉄夫は何度も何度も脈打たせ、やがてグッタリと力を抜いた。

美沙子も、いつまでも含んだまま、ヌメった尿道口を舐めて清めてくれ、鉄夫の鼻先で妖しい花弁を色づかせていた。

第六章　濃厚なミルクの匂い

1

医学部の鹿島礼子から連絡が入った。山田春香が、今日昼に成田空港に到着するとのことである。

ちょうど日曜日だったので、鉄夫はすぐ成田に向かった。

人の波と、あまりのロビーの広さに迷いそうになったが、礼子から時間を聞いていたので、まず間違いないだろう。

やがて春香が乗っている飛行機が到着し、乗客も降りてこちらへと流れてきた。

(もし、男連れだったらどうしよう。その時は、会わずに帰ろうか……)

鉄夫は不安で仕方がなかった。

礼子の話では、女同士ということだったが、実際は分からない。あるいは、現地で邦人と知り合うことだってあるだろう。

村から春香が出ていって約二年。

今でも、春香は鉄夫にとって、隣の綺麗な優しいお姉さんでいてくれるだろうか。

と、春香らしき人がこちらに歩いてきた。

誰かと談笑している。同行した女子大生らしい。

いや、もう二人、男がいた。男女四人ではないか。

(ど、どうしよう……)

鉄夫は迷った。

しかし、近づいた春香の方で、先に鉄夫を見つけたようだった。

「て、鉄夫……? まさか、来てたの? どうしてここに……」

春香が、透き通った笑みを浮かべ、鉄夫の方に駆け寄ってきた。

「春香姉さん……」

鉄夫は感激した。

春香は全然変わらない。

多少日に焼けているが、直毛の長い黒髪、笑窪のある頬、天女のような豊頬に神聖な昏。それに大きな胸と、ボリューム満点のお尻。体重七十キロはあるだろうが、誰もが美人と認める村のミス小町だ。

鉄夫も近づき、彼女の大荷物を持った。

「私、ここで失礼するわ」

春香は、仲間を振り返って言った。

「まあ、彼が春香の言ってた恋人？　意外だわあ……」

女子大生が、小柄な子供の鉄夫を見て目を丸くした。

「お、おいおい、これから合コンする約束は……？」

一人の男が、おやつでも食い損ねたような情けない顔で春香に追いすがった。

「ごめんなさい。まだ十九だから、私、お酒飲めないの」

「そんな堅いこと言うなよお。ガキに合わせることないじゃないかあ」

「ガキじゃないの。私の大事な人よ」

「ふん、そんなら勝手にしろよ。せっかく声かけてやったのに、このブスデブ！」

男が言うなり、鉄夫のパンチがそのとがった顎に炸裂した。

「ぐはッ……！」

男は仰向けに倒れ、そのまま泡を吹いて気を失ってしまった。

「あはははは！」

　あまりにぶざまな格好に、連れの女子大生まで笑いだした。

　やがて鉄夫と春香は、大騒ぎになる前にロビーを抜け出した。

「相変わらずね」

「だって、姉さんのことをあんなふうに言うから……。別に、奴は恋人でも何でもないんだろう？」

「もちろんよ。ただの観光客の遊び人。たまたま帰りが一緒になっただけ」

　この言葉に、鉄夫は安心した。

　聞くと、春香は遊びではなく、勉強のために南洋諸島の医療施設を回っていたのだ。

「いったいいつから東京に？」

「まだ、来たばかり。親がアメリカに行ったので、僕は片岡のおじさんの所に」

「そうだったの」

「もちろん、アメリカか東京か選ぶとき、僕は迷わず姉さんのいる東京を選んだよ」

「そう。嬉しいけど、これでも忙しくて、年じゅうは会えないかもしれないわよ」

「わかってるよ」

　二人は電車を乗り継ぎ、東中野にある春香の住まいへと向かった。

マンションではなく、落合コーポラスという新しいアパートの二階。

中は2DKで六畳と四畳半。

六畳の方がリビングになり、キッチン側の手前にテレビやテーブルが置かれ、奥の窓際に本棚と勉強机があった。四畳半は寝室で、ベッドとドレッサー、化粧台やクローゼットなどがある。

流しも机も、どこもきちんと整頓されていた。状差しには、何通か出した鉄夫からのハガキもあった。

「へえ、ここで生活してるんだね」

鉄夫は見回し、テーブルの前に座った。

春香はバスタブに湯を張ってから、お茶を入れてくれた。別に、セックスのためではなく、長旅を終えてきたから入浴したいだけだろう。

「これから、どうするの？　こっちで進学する？」

「うん。できれば、姉さんと同じ仕事について、一緒に村へ帰りたい。医学部が無理なら、介護士でも鍼灸でも、いくらでも道があるから」

「それは嬉しいけど、それで？」

「もちろん姉さんと結婚する。ダメ？　もう恋人とか、好きな人とか、いる？」

「いないわ。でも、まだ先は長いわ。私は構わないけど、鉄夫の気が変わるかもしれないでしょう。だから、先のことは、先になってからお話ししようね」

「絶対に変わらないよ、僕は」

鉄夫は、久しぶりに会えた感激に胸がいっぱいだった。

幼い頃から、親同士が二人を一緒にさせようなどと話し合っていたが、鉄夫はもとより、春香の方も何となく運命のようなものを感じていたのだろう。

それが、東京へ出て二年経っても変わっていないのが嬉しかった。

鉄夫は三つ年下だが、一緒になるなら春香しかいないとずっと思い込んでいた。

もちろん憧れの人や抱きたい人は山ほどいるし、これからも出てくるだろうが、それは身勝手ながら、大人である春香に追い付き、リードするための修業にさせてもらいたかった。

「その、春香姉さんは、まだ……」

「ええ、まだ何も体験していないわ」

「よかった……」

「鉄夫は？」

「うん、もちろん僕もまだ」

「嘘ばっかり」

春香は笑みを含んで言った。

「本当だよ。嘘だと思うんなら、試してみようよ」

鉄夫は、ようやくきっかけをつかんだ思いでにじり寄り、座っている春香の胸にすがりついてしまった。

「ダメよ、まだ子供のくせに」

春香は言いながらも、母親のようにそっと抱いてくれた。

ブラウスの胸に顔を埋めると、何とも優しく甘い匂いが感じられた。

もちろん美沙子に負けないほどの巨乳だ。

鉄夫はそろそろと伸び上がり、春香の白い首筋を這い上がって、そのまま唇を求めていった。

「……」

春香は、少し顔をそむけてためらったが、鉄夫が執拗に追ううち、やがて諦めたようにピッタリと密着させてくれた。

春香の唇は、ぷっくりとして弾力があり、初めて触れた鉄夫は、感激に夢見心地だった。

熱く湿り気のある吐息は甘く、少し美沙子に似た匂いだが、それに村の野山の香りが混じっているような気がした。舌を伸ばしてそっと唇を舐め、間から差し入れ、白く滑らかな歯並びを左右にたどった。

やがて前歯が開かれ、鉄夫は奥に侵入した。

口の中は、さらに鉄夫のいちばん好きな匂いが熱く甘く満ち、春香の舌に触れるとそれはトロリと柔らかく清らかな唾液に濡れていた。

ヌラヌラと舌をからませ、春香の口の中を隅々まで舐め回すと、やがて春香もチュッと強く鉄夫の舌に吸い付いてきた。

そのまま彼女の大きな胸の膨らみにタッチすると、

「あ……、ダメ……」

唇を離して春香が言った。

「じゃ、ベッドに行こうよ」

鉄夫は強引に、春香の腕を取って引き立たせた。

2

「待って、今はちょっと……」

寝室に連れ込まれながらも、春香は尻込みしていた。

「どうして？　生理なの？」

「こら、お前はまだ子供のくせに」

「いててて……」

いきなり昔のように頬をつねられ、鉄夫は悲鳴を上げた。

「とにかく、今日会うって思っていなかったから、気持ちが……、それに」

まだ長旅のあと入浴していないから、と言いたいのだろう。

それは鉄夫も計算ずみだ。何しろ湯上がりよりも、大好きな春香のナマの匂いが知りたいのだ。

どっちにしろ、もう鉄夫の勢いは止まらない。

強引に春香をベッドに横たえ、添い寝して抱きつき、ブラウスの上から巨乳をモミモミした。

「あぁっ……、怒るわよ、本当に……」

春香はもがいたが、本気で撥ねのけるほどの力は入らないようだった。

その間に鉄夫はホックを外しながら、大好きな体勢である腕枕をされるように春香の腋の下に顔を埋め込んでしまった。

そこも内部はきっとジットリ汗ばんでいるのだろう。ミルクのような甘ったるい匂いがタップリと籠もり、鉄夫はうっとりと酔い痴れた。

ブラウスを開き、ジーンズのウエストからも裾を引っ張りだした。

「ダメよ、やめなさい……」

「お乳吸いたい。少しだけでいいから」

鉄夫は執拗にしがみついて、春香の背に手を回した。そして時間がかかったが、苦労してようやくホックを外すことができた。

ブラがゆるみ、見事な巨乳がぶるんと弾けるように露出してきた。

同時に、今まで内に籠もっていた熱気も、甘ったるいフェロモンを伴ってユラユラと解放されてきた。

巨乳の割に乳輪は小さめで、乳首もまだ初々しい色合いだ。

南洋帰りで顔は焼けていたが、さすがにオッパイは透けるように色白だ。

たまらず乳首にチュッと吸い付くと、

「ああーっ……」

春香は喘ぎ、とうとう最後に残っていた力まですうっと抜けていってしまったようだった。

羞恥と緊張に縮こまっていた乳首も、舌先でチロチロとくすぐるように舐めるうち次第にツンと突き立ち、コリコリと硬くなってきた。もう片方も指で探ると、同じように勃起してきた。

鉄夫は唇に挟んで引っ張り、舌で転がし、そっと嚙んだりした。

そのたび、春香はビクッと激しく反応し、少しもじっとしていられないようにクネクネと悶えた。

もう片方にも吸い付き、さらに汗ばんだ巨乳の谷間にも顔を埋め込んだ。

暖かく甘ったるい匂いに包まれていると、鉄夫は限りない安らぎを覚えた。

春香もいつしか、何も考えられなくなったように、両手でシッカリと鉄夫の顔を抱き締めてくれていた。

鉄夫は柔肌を舐め、乱れたブラウスの内部に潜り込んでいった。

腋の下にも顔を埋めると、やはり濃厚なミルク臭が籠もり、鉄夫は夢中で深呼吸しながら舌を這わせた。特に剃り痕のザラつきもなく、どこを舐めても肌はツルツルしていた。

そして肌を舐め下り、ジーンズのベルトを解いて脱がせにかかった。

春香はグッタリと力が抜け、腰を浮かせるのもひと苦労だったが、それでも拒まれることもなく、ようやく両の足首からスッポリ抜き取ることができた。

さらにソックスを脱がせ、春香のナマ脚を眺めた。

太腿はムッチリと量感があり、全体もニョッキリとして実に健康的だ。

細く長いモデルのような脚よりも、鉄夫はこうした太く逞しい脚の方に女性的な魅力を感じた。

足首を持ち、素足の裏に唇を押しつけた。

指の間も、汗と脂に暖かく湿り、鼻を当てるとドキドキする匂いがあった。

憧れ続けていた春香の匂いだ。

鉄夫は夢中になって嗅ぎ、爪先をしゃぶって、指の股にもヌルッと舌を潜り込ませて味わった。

「あう！　ダメ……」

春香が口走り、ビクッと脚を震わせた。

まだ入浴前ということを思い出したか、しきりに避けようともがきはじめたが、力が入らないようだ。

もう片方も同じようにジックリと嗅いだり舐めたりし、やがて鉄夫はスベスベの脚を舐め上げていった。特に張りと弾力に満ちた太腿は、いつまで舐めたり嚙んだりしていても飽きないほど魅惑的だった。

そして無地のショーツに指をかけ、いよいよ引き降ろしていった。

「アアッ……！」

春香は喘ぎ、もう鉄夫の勢いが止まらないと思ってか、諦めたように両手で顔を覆った。

強引にショーツを脱がせ、足から引き抜いた。

下着を嗅いでいるような余裕はない。鉄夫も激しく興奮し、すぐに生身の中心部に顔を潜り込ませていった。

白い内腿の間に顔を進め、しきりに隠そうとする手を押さえながら、鉄夫は憧れの女神の中心に目を凝らした。

白く滑らかな肌が下腹から続き、股間の丘には黒々とした恥毛が羞かしげに茂っていた。真下のワレメを見ると、わずかにピンクの花びらがはみ出し、さらにその中心から、白っぽくヌルッとした蜜が溢れていた。

もう春香もすっかり興奮し、愛液を溢れさせていたのだ。

鉄夫は熱気の籠もる中央に指を当て、そっと左右に開いた。

「くっ……」

触れられ、春香がビクッと激しく反応する。やはり処女なのだ。鉄夫は、涙ぐむような感激の中で確信した。

陰唇を広げると、微かにピチャッと音がして、愛液が細く左右に糸を引き、すぐに切れた。

奥には、やはり細かなヒダヒダの入り組む処女の膣口が息づいていた。

小陰唇は小さめで、蜜に潤う内部全体は綺麗なピンク色。ポツンとした尿道口も確認でき、包皮の下から顔を覗かせたクリトリスも、実に透き通ったような真珠色の光沢をしていた。

鉄夫は悩ましい熱気とフェロモンに誘われるように、春香の中心にギュッと顔を埋め込んだ。

「あう……、ダ、ダメ……、やめて……」

春香が力なく言い、イヤイヤをした。

鉄夫は柔らかな恥毛に鼻をこすりつけ、隅々に染み込んだ艶かしい匂いを嗅いだ。そこは熱気と湿り気が渦巻き、腋の下に似た甘ったるい汗の匂いに、さらにドキドキする性臭がミックスされていた。

「姉さんのここ、すっごくいい匂い」

「アアッ！　いやッ……！」

春香はギュッと内腿を閉じ、鉄夫の顔を締め付けてきた。

鉄夫は何度も深呼吸しながら、やがて陰唇に舌を這わせはじめた。

もう蜜が溢れ出て、表面もヌルヌルしている。愛液は粘り気があり、舌にまつわりつくようだ。

内部に差し入れると、そこは熱く燃えるようで、鉄夫はクチュクチュと蜜を味わいながら、少しでも奥まで舐めようと舌を膣口に押し込んだ。

淡い酸味としょっぱい味が混じり、たちまち鉄夫の口のまわりから鼻の頭までヌルヌルになってしまった。

そのままゆっくりとクリトリスまで舐め上げると、

「ヒッ……！」

春香は息を呑み、電流でも走ったように激しくビクッと腰を跳ね上げた。

鉄夫は春香の脚を抱え上げ、まるで巨大なマシュマロのような、何とも色っぽく大きなお尻の谷間にも鼻先を潜り込ませていった。

ピンクのツボミに鼻を当てると、汗の匂いに混じり、ほんのりと微かだが秘めやかで生々しい匂いも感じられ、鉄夫は大感激した。

嬉々として美女の恥ずかしい匂いを嗅ぎ、舌を這わせた。

細かな襞を充分に唾液にヌメらせてから、奥にもヌルッと押し込み、柔らかな粘膜を味わった。

「ああ……、ダメ……、汚いから、やめなさい……」

春香は譫言のように口走り、とうとう脚を降ろしてしまった。

鉄夫は再びワレメに戻り、熱い膣口にヌルヌルと指を押し込み、内部の天井をこすりながら舌先をクリトリスに集中させた。

「アアーッ……、だ、誰に教わったの、こんなこと……」

春香は激しく喘ぎながら言い、後から後から新たな愛液を溢れさせ続けた。

3

春香は、もう何度か小さなオルガスムスの波を感じ取っているように、断続的にヒクヒクと痙攣していた。

やはり処女を守っているとはいえ、オナニーぐらいしているだろう。快感も知っているし、欲望や好奇心も旺盛に違いなかった。

鉄夫は指を引き抜き、なおもクリトリスを舐め続けながら、自分もそろそろとズボンと下着を脱ぎ去ってしまった。

そして舌が疲れ果てる頃、ようやく身を起こし、激しく勃起しているペニスを構えて前進した。

先端を押し当て、ジックリ味わいながらヌルヌルッと押し込んでいった。

処女膜が丸く押し広がり、狭い膣口に亀頭が没した。

「あうッ……！」

春香が眉をひそめて声を上げたが、何といってももう十九だ。痛みよりは、ようやく体験したという感慨の方が大きかっただろう。

そのままズブズブと根元まで貫き、鉄夫は身を重ねた。

中は熱く、ヌメった柔肉がキュッとペニスを締め付けてきた。

まだ動かず、鉄夫は春香の温もりと感触を心に焼き付け、感激を噛み締めながらじっとしていた。

「痛い？　大丈夫……？」

耳元でそっと囁くと、春香は小さく首を横に振り、目を閉じたまま鉄夫の背に両手を回してきた。

「やっと、一つになったんだね……」

鉄夫が言うと、春香は答える代わりにキュッと膣内を締め付けてきた。

考えてみれば、幼い頃からお医者さんごっこはしたし、春香の白いおなかを撫ぜたり、オシッコしているところを後ろから覗いたこともあった。

しかし毎日のようにじゃれ合った割にはキスしたこともなく、こうして体験するまで、やけに長い年月がかかってしまった。

まあ、だからこそ、今日の感動が大きいのだろう。

深々と挿入したまま、鉄夫はもう一度春香の唇を求めた。

「ウ……ンン……」

春香が唇を重ねながら、小さく呻き、熱く甘い息を弾ませた。

鉄夫は、喘ぎ続けてひんやりと乾いている春香の口の中を舐め回しながら、やがて様子を見つつ小刻みに、腰を突き動かしはじめた。

「クッ……！」

春香が、また強く鉄夫の舌に吸い付いてきた。

まず、これほど愛液が溢れているのだ。そんなに痛いことはないだろう。

鉄夫は次第にリズミカルに、ズンズンとピストン運動を開始した。ヌメった柔肉がクチュクチュと音を立てて摩擦され、鉄夫は急激に高まっていった。

「ああっ……！」

唇を離し、春香が熱く喘いだ。

「も、もっと……、乱暴にしていいわ。奥まで突いて……」

春香が声を上ずらせて口走った。

処女でも、最初から感じることがあるのだろうか。あるいは、鉄夫のように、体験があるのに嘘をついているのか。まあこの際、鉄夫はどちらでもよかった。

とにかく鉄夫も、股間をぶつけるように激しく動き、そのままフィニッシュをめざした。

身体の下で、春香の肉体がクッションのように弾む。甘ったるい匂いが立ち昇り、春香もまた下から股間を突き上げるような動作をしてきた。

鉄夫は声を洩らし、とうとう身も心も溶けてしまいそうな大きな快感に突き上げられた。

「あ……、い、いく……」

動きは最高潮に達し、同時に大量の熱いザーメンが一気に放たれた。

「あうーッ……!」

春香もブリッジするように身を反らせ、声を絞り出してガクガクと悶えた。

本格的なオルガスムスにはまだ及ばないが、それでも春香なりに普段では得られない快感を感じ取ったのだろう。

膣内の収縮はまだ続き、鉄夫は最後の一滴まで絞り取られた。

ようやく動きを止め、力を抜いて春香に体重を預けた。

そして春香の甘い吐息を嗅ぎながら余韻に浸っていたが、やがてそっとペニスを引き抜き、ゴロリと彼女の横に添い寝した。

すると、割にすぐに春香が身を起こし、ティッシュの箱を引き寄せた。手早く自分のワレメを拭いて処理し、仰向けの鉄夫の股間も拭いてくれた。

「大きい……」

春香が、まだ強ばりを解いていないペニスを拭き清め、幹を握りながら言った。

彼女は内科と小児科医を目指しているから、今までにも子供の裸ぐらい何度も見ているだろう。

しかし勃起時を見るのは初めてなのか、珍しげに握り、手のひらに包み込むようにいじり続けた。

「ああっ……」

「痛い？」

「ううん、気持ちいいけど……」

射精直後だから、亀頭が過敏に反応してしまう。

それでも憧れの女性に弄ばれるうち、鉄夫自身は休む暇もなく、またすっかりピンピンに勃起し、回復してしまった。

膨張して張り詰めた亀頭を揉むうち、尿道口から残りのザーメンが一滴だけ滲み出てきた。

春香は屈み込み、観察するように鼻を寄せて少し嗅ぎ、すぐに舌を伸ばし、ペロッと舐め取ってしまった。

「あんまり、味はないわ。少し、生臭い……」

味わってから感想を伸べ、再び鉄夫の股間の観察をはじめた。

「これが、入ったのね……」

亀頭を握り、スライドする包皮の具合をいじり、さらに陰嚢まで手のひらで包み、二つの睾丸を確認したりした。

「解剖、したことある?」

「まだ、これからよ」

春香が小さく答える。好奇心に目がキラキラしているが、それが性的な興奮なのか医者の卵としての観察眼なのか分からなかった。

しかし鉄夫は春香の前に性器をさらけ出し、妖しい興奮に包まれていた。

春香になら、どのようにいじられても、あるいは解剖されても構わないとさえ思った。

春香は陰嚢をつまみ上げ、肛門の方まで覗き込んでから、再び亀頭に視線を戻してきた。

そして口を丸く開き、今度はスッポリと深く呑み込み、内部でクチュクチュと舌を蠢かせてきた。

「あう……」

鉄夫は、唐突な快感に思わず呻いた。

春香は根元まで含み、上気した頰をすぼめてチューッと強く吸った。

何度か続けて吸い、チュパッと音を立てて口を離した。唾液が糸を引いて、唇と尿道口を結び、キラリと光った。

「強く吸っても出ないのね」

「何度も吸えば出るよ」

「出しても、いい？　飲ませて」

「うん……」

鉄夫が答えると、春香はまた亀頭をしゃぶり、唇で締め付けて吸いはじめた。

熱い息が股間をくすぐり、春香の髪が内腿を刺激した。

鉄夫は手を伸ばし、春香の巨乳やワレメをいじったりしていたが、やがてジワジワと快感が高まり、彼女に身を任せることにした。

春香の愛撫はまだまだ未熟だが、何しろ、憧れの相手という精神的な快感が大きかった。

彼女も懸命に唇をモグモグさせ、タップリと唾液を出して舌をからめてくる。

はては、顔全体を上下させて唇でスポスポと摩擦してくれた。

「ああッ……、出ちゃう……！」

絶頂は、急にやってきた。

鉄夫は口走ると同時に、宙に舞うような快感に貫かれていた。

「ウ……ンン……」

春香は、喉を直撃するザーメンを受けとめながら小さく呻き、それでも咳き込むこともなく、巧みにゴクリと喉に流し込んでいった。

（ああっ……、飲まれている……）

女神さまに飲み込まれ、鉄夫はたて続けの二度目とも思えない大きな快感に悶え、最後の一滴までドクンと脈打たせた。

4

「流す前に、もう一度よく見たい……」

バスルームに入り、鉄夫は立っている春香の股間に顔を寄せた。

「ダメよ、離れて……」

春香が腰を引きながら言うが、鉄夫はなかなかシャワーのノズルも手桶も持たせなかった。まだまだ、春香のナマの匂いをシッカリと嗅いで、胸の奥に刻み付けておきたいのだ。

春香は医学部で忙しい身だ。同じ都内とはいえ、次にゆっくりと会える機会など、なかなか来ないかもしれない。

「もっと開いて」

鉄夫は例によって、自分は座ったまま、春香には片方の脚をバスタブのふちに乗せさせ、開かれた股間に迫った。

「ふうん、女の人って、こうなってるの……」

鉄夫は近々と目を凝らし、指で陰唇を広げて覗き込んだ。

やはり、今まで体験してきた女性とは違っていた。形は似ていても、春香だけは全てが輝いて見えた。そしてやっと、ここまで来たという実感が湧いた。

小陰唇はまだ興奮に色づき、処女を失ったばかりの膣口の奥からは、新たな愛液に混じって、ザーメンが少しだけ逆流していた。

「し、知ってるくせに……」

春香は、最初から鉄夫が童貞とは思っていないようだ。それでも追及するようなことはせず、むしろ見られて呼吸が弾みはじめていた。

恥毛に鼻を押し当てると、ザーメンの匂いはせず、春香自身のナマの匂いだけが感じられた。汗の成分が大部分の、胸をゾクゾクと震わせるような甘ったるい濃厚なフェロモンだ。

「いい匂い……」

「あん、言わないで。もういいでしょう」

春香は激しい羞恥に、懸命に鉄夫の顔を突き放そうとした。

最後に入浴したのは今朝かもしれないが、それでも南洋から日本まではるばると長い道のりを帰ってきたのだ。

「もう少しだけ。前から、姉さんのここの匂いを知りたかったから……」

「バカね。そんな恥ずかしいこと、言ったらダメ……、アアッ！」

クリトリスを舐められ、春香がビクッと震え、声を上げた。

鉄夫はペロペロ舐め上げながら、指をヌメった膣口に出し入れした。

「またヌルヌルしてきたよ」

「い、いい加減にして……、怒るわよ……」

「いいよ、うんと叱られても」

鉄夫は熱い膣内をいじりながら、勃起したクリトリスを舐め続けた。

春香は、立っていられないほど膝をガクガクさせ、壁につかまりながら必死に耐えていた。

「も、もうやめて……、洗ってから、後でまたしてもいいから……」

春香が激しく喘ぎながら言った。

「じゃ、やめるから、もう一つだけお願い」

鉄夫は、ようやく顔を離し、ヌルッと指も引き抜いた。

「な、なに……？」

春香は、少しだけほっとしたように息を吐き、訊いた。

「このままオシッコしてみて」

鉄夫はゾクゾクと興奮しながら言った。

ここのところの、多くの女性たちとのアブノーマルな行為により、一度は放尿を見なければ気が治まらないようになっていた。

「な、何を言うの……！」

「お願い、女の人がどんなふうに出すか勉強したいから」

「む、昔、見たでしょう？　私の……」

「あんな子供の頃は忘れちゃった。いま見たいんだ」

「ダメよ。ここはトイレでも原っぱでもないわ。こんな所でしちゃいけないの」

「一度だけ。ね、女医さんになるんだから、オシッコが別に汚いものじゃないことぐらい分かってるでしょう?」

せがみながら、鉄夫はワレメに舌を這わせ、興奮に迫り出してくる内部のお肉に吸い付いた。

「あ……、ああっ……、わ、わかったから、離れて……」

とうとう根負けしたように春香が言った。

あるいは、もう相当に溜まっていたところを吸われて刺激され、その気になったのかもしれない。

「本当?」

「ええ。だから、そんなに顔を近づけないで……」

春香が言い、鉄夫は少しだけ離れた。

「ね、よく見えるように自分の指で広げて」

さらに鉄夫は図々しく要求した。

かなり興奮が高まっている春香は、しなければ鉄夫の要求が終わらないと覚悟してか、素直に指を当て、グイッと陰唇を開いてくれた。

「こ、こう……？」

「うん、奥までよく見える」

「ああん……、意地悪……」

春香は上気した肌を震わせながら、懸命に下腹に力を入れはじめた。

ワレメ内部は、別の生き物のようにお肉が蠢き、新鮮な愛液がたちまちいっぱいに溢れ、とうとうツツーッと糸を引いて滴りはじめた。それはキラキラ光り、何とも清らかで美味しそうに見えた。

舐めたい、と思ったが、それより早く、ワレメ内部から太い水流がほとばしってきた。

「あ……、は、恥ずかしい……」

春香が膝を震わせて言い、流れは勢いを増して拡散するように飛び散った。

鉄夫は近づき、その流れを胸に受けた。熱い液体はほのかな湯気を立て、独特の香りを揺らめかせながら鉄夫の肌を伝い、回復しているペニスを心地よくどっぷりと浸してきた。

春香は、とうとう陰唇を広げていられなくなり、両手で顔を隠した。

流れは陰唇に遮られるように拡散し、ワレメ内部を洗い流すように溜まってから噴出した。

また、内腿を伝う分、お尻の方に滴る分など、いくつかの支流に分かれた。

鉄夫は本流に向かって舌を伸ばした。

熱い流れを受けると、それは淡い香りを含んで、心地よく喉を潤した。

大好きな春香のものだ。何の抵抗もなかった。

ようやく流れが弱まり、点々と滴るだけとなると、鉄夫もピッタリと口をつけ、熱くビショビショになったワレメ内部に舌を這い回らせた。

「ダメ！　何をするの……」

春香が咎めるように言い、必死に彼の顔を突き放そうとしたが、ペロペロ舐め回されるうち、

「ああーっ……！」

次第に力が抜けていってしまった。

そして内部の、うっすらとしょっぱい味が消え去り、淡い酸味混じりの愛液の味ばかりになる頃、とうとう春香は立っていられなくなり、そのままクタクタと力尽きて座り込んできてしまった。

鉄夫は膝に抱きとめ、うっとりと巨乳に頬を当てた。

「もう、知らない。あんなことばっかりして……」

春香がか細い声でなじったが、すっかり後戻りできないほどの興奮にハアハア喘いでいた。

「もう、姉さんの何もかも、味も匂いも全部知っちゃった」

「ダメ、黙って……」

「アソコの匂いもオシッコの味も、お尻の穴の匂いまで覚えちゃった」

「鉄夫！」

春香はクネクネと身悶えながら、軽くパチンと鉄夫の頬を叩いた。

「うわ、もっと叩いて……」

鉄夫は、美しいお姉さんに叱られながらムクムクと最大限に勃起してきてしまった。

そしてようやく、シャワーの湯を出し、春香の身体を洗ってやろうとしたとき、ふと見ると、上半身がタンクトップ型に日焼けしており、肩から背中にかけて、少しだけ皮がむけているのを見つけた。

鉄夫はそっと口をつけ、むけかかった皮を食べてみた。

嚙み締めると、ほんのりと春香の肌の匂いに、日向の香りが混じっていた。

「何してるの……。変なもの食べたらダメよ……」

「うん」

答えながらも鉄夫は春香の肌を味わい、やっとシャワーを浴びせ、ボディソープを泡立ててやった。

5

「何時までに帰ればいいの？　遅くなるとおばさんが心配するでしょう？」

「うん。でも夕食までに戻ればいいから、あと二時間ぐらいは」

鉄夫は、ベッドで春香に腕枕してもらいながら答えた。もちろんバスルームから上がって、二人とも全裸のままだ。

「姉さん、こっち向いて……」

言うと、腕枕したまま、仰向けの春香がこちらに向いてくれた。

すぐ下には、うっすらと静脈の透ける色っぽい巨乳。目を上げれば女神さまの美しい顔があった。

形よい、小さめの唇はわずかに開き、白くヌラリと光沢のある歯並びが覗いていた。

その間から熱く湿った吐息が洩れ、何ともかぐわしい匂いが鉄夫の鼻腔をうっとりと満たしてきた。

鉄夫はモミモミしていた手を巨乳から離し、そっと春香の唇に触れてみた。めくると、白い歯とピンクの歯茎が見え、さらに歯並びに触れていると、春香が前歯を開いてくれた。

舌に触れると、それは逃げ回るようにヌラヌラと蠢いた。

開かれた口からは、さらに濃厚な女の匂いが漂ってくる。

「いい匂い。このまま身体ごと入ってみたい……」

鉄夫は顔を寄せ、鼻の頭を春香の口に差し入れてみた。

熱い湿り気に混じり、ほんのりと吐息と唾液の匂いが感じられ、鉄夫の鼻までしっとりと湿るほどだった。

春香は嫌がらず、そのまま下を伸ばし、チロッと鉄夫の鼻の頭を舐めてくれた。

「もっと……」

囁くと、春香も鉄夫の顔を抱き寄せ、シッカリと押さえ付けながら、鼻の穴から額までゆっくりと舐め上げ、瞼や頬まで、清らかな唾液でヌルヌルにしてくれた。

「ああ……、気持ちいい、溶けちゃいそう……」

鉄夫は力を抜き、春香の甘い匂いに包まれながら身を任せた。

春香は母猫のように、鉄夫の顔を舐め回し、ときには悪戯っぽくキュッと頬や耳たぶを嚙んできた。

「痛い……」

あまりに強く耳を嚙まれ、鉄夫はビクッと震えて言った。

「ダメ、さんざん意地悪をしたから、お仕置きよ」

春香は耳に口を付けたまま熱い息で囁き、耳たぶや頬をモグモグと嚙んだ。

鉄夫は、甘美な痛みと快感に悶え、まるで美人に少しずつ食べられていくような感覚に喘いだ。

そして耳から頬を通過し、やがて春香が上になって、のしかかるようにピッタリと唇を重ねてきた。

すぐにヌルッと春香の舌が侵入し、鉄夫は夢中になって吸い付いた。

春香の舌は甘く柔らかく、鉄夫の口の中を慈しむように隅々まで這い回った。

鉄夫はわずかに注がれてくる唾液を飲み、反応したペニスがトントンと春香の肌をノックした。

「もっと出して。いっぱい飲みたい……」

だ。

「こう……？」

春香は、すぐにためらいなく、クチュッと唾液を滴らせてくれた。

鉄夫は小泡の固まりを舌で受け、口の中を這い回らせて味わい、コクンと飲み込んだ。

「もっと」

何度もせがみ、そのたびに春香はなるべく多く出してくれた。

生温かく粘り気のあるシロップで、鉄夫は心ゆくまで喉を潤した。

「もう出ないわ……」

春香は囁き、鉄夫の首筋を舐め下り、乳首へと達した。

そして鉄夫の乳首を吸い、軽く嚙み、両方とも充分に愛撫してから、さらに真下へ降りていった。

鉄夫の股間に熱い息が触れ、サラリとした髪がくすぐってきた。

春香は幹に指を添え、そっと亀頭に舌を這わせてきた。

「ああっ……」

鉄夫は喘ぎ、目を閉じて春香の唇と舌を味わった。

春香は亀頭から幹を舐め下り、陰嚢をしゃぶり、さらに脚を浮かせて肛門にまでチロチロと舌を這わせてきた。

「い、いいよ、そんなとこ……」

「じっとして」

さっきのお返しだろうか、春香は念入りに肛門を舐め、ヌルッと舌まで差し入れてから、再び亀頭に戻ってきた。

今度は根元まで深々と含み込み、口の中をキュッと締めて吸い付いてきた。

「ね、姉さん、こっちにも……」

鉄夫はせがみ、彼女の下半身を求めた。

春香はすぐに理解し、ペニスをくわえたまま身体を反転させてきた。

女上位のシックスナインになり、春香は仰向けの鉄夫の顔を跨いできた。

鉄夫の鼻先に、春香のワレメと豊かなお尻が迫る。鉄夫は両手で彼女の腰を抱え、新たな愛液の溢れているワレメに口を押しつけた。

湯上がりの匂いに、ほんのり、春香本来のフェロモンが残っていた。

陰唇の間を舐め回し、膣口に舌を入れ、収縮する色っぽい肛門を間近に眺めながら勃起したクリトリスに吸い付いた。

「くっ……」

春香が呻き、反射的にチュッと強く亀頭を吸引した。

彼女の熱い息が陰嚢を刺激し、鉄夫はジワジワと高まってきた。

しかし春香の方で、彼が射精する前にスポンと口を離し、身体を起こしてきた。

向き直り、春香は鉄夫の股間に跨がってきた。

「いい……?」

「うん」

鉄夫が頷くと、春香は幹に指を添えて自らのワレメに押し当て、ゆっくりと座り込んできた。

「あう……」

春香は声を洩らし、それでもヌルッと亀頭を呑み込み、そのまま一気に根元まで受け入れていった。

熱くヌメリのある膣内に深々と包み込まれ、キュッキュッと締め付けられながら、鉄夫は快感に喘ぎ、両手を伸ばしてたわわに実る巨乳をいじった。

「すごい、熱いわ……、奥の方まで、鉄夫を感じる……」

春香が上気した顔をのけぞらせて言い、何度か股間を上下させた。

ヌメった柔肉が摩擦されてクチュクチュと音を立て、巨乳がユサユサと揺れた。

次第に春香はリズムをつけて律動し、やがて上体を倒して鉄夫に肌を重ねてきた。

「何だか、さっきと全然ちがうの……。奥の方で、熱い何かが膨れ上がってくるみたい……」

春香は声を上ずらせながら言い、自身の奥に芽生えた感覚を探った。

鉄夫も彼女のリズムに合わせて股間を突き上げ、シッカリと両手を回してしがみついた。

と、何度か動いているうち、

「アアーッ……！　何これ、身体が、溶けそう……、変よ。あう！　むうーっ……」

途端に春香が切れぎれに言い、ガクンガクンと全身を波打たせた。

膣内の収縮も激しくなり、鉄夫はこのまま全身が春香の体内に吸い込まれるような錯覚に陥った。

「い、いくうッ……！」

とうとう春香は身を反らせ、ヒクヒクと震えながら絶頂に達した。

これが初めての、膣感覚によるオルガスムスのようだ。

その激しい快感が伝染したように、少し遅れて鉄夫も大きな快楽の嵐に巻き込まれていった。

「あう……、き、気持ちいい……！」

口走り、したたかに射精する。

春香も鉄夫に体重を預けたまま、いつまでも身悶え、鉄夫自身をきつくくわえ込んでいた……。

◎本作品は『人妻　童貞肉指導』（一九九九年・マドンナ社刊）を改題したものです。内容はフィクションであり、登場する個人名や団体名は実在のものとは一切関係ありません。

二見文庫

人妻《ひとづま》の香《かお》り

著者　睦月影郎《むつきかげろう》

発行所　株式会社 二見書房
東京都千代田区三崎町2-18-11
電話 03(3515)2311［営業］
03(3515)2313［編集］
振替 00170-4-2639

印刷　株式会社 堀内印刷所
製本　株式会社 村上製本所

落丁・乱丁本はお取り替えいたします。
定価は、カバーに表示してあります。

ISBN978-4-576-07123-7
http://www.futami.co.jp/

二見文庫の既刊本

隣り妻

MUTSUKI,Kagero
睦月影郎

毎日、隣家の美しき巨乳妻・澄江の洗濯物を干す姿を見つつ、憧れに胸を焦がしている正樹。顔の印象が薄い彼だったが、ある時、特定の他人に「どことなく似ているように」顔を変えられる能力があることに気づく。その特異な力をさまざまに発揮し、高校時代の同級生と女子大生、バイト先の熟女などとさまざまに女性体験を重ねていき、そして、ついに澄江との一夜が……。超人気作家による書下し官能エンターテインメント！

二見文庫の既刊本

叔母は三姉妹

MUTSUKI,Kagero

睦月影郎

フィギュア作家である叔父・哲也が結婚することになった。しかも相手の沙貴子は超美人。哲也を「ただのデブのオタク」だと思っていた高校三年生の浩貴は、その結婚話を信じることができなかった。が、結婚式当日、沙貴子の二人の妹たちを紹介される。ボーイッシュな美樹、おっとりした優子——いずれ劣らぬ美人の二人からさまざまな誘惑を受けた浩貴は、「叔父」譲りの倒錯した要求を二人にぶつけていく。そして……。

二見文庫の既刊本

住職の妻

MUTSUKI,Kagero
睦月影郎

仏教系の大学を卒業後、修行のために月影院に預けられた仮性包茎の若僧・法敬は、ある日、自分で剃髪しようとしている時に、住職・無三の妻・今日子に熱い息を吹きかけられて……。豊満な女体によって禁断の味を覚えてしまった彼は、修行の道から快楽の道へとまっしぐらに突き進む——。官能界一の売れっ子作家による書下し！

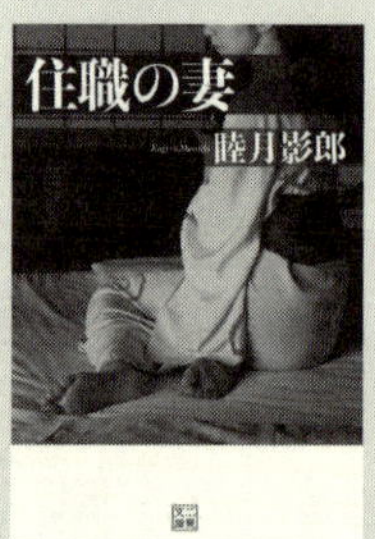